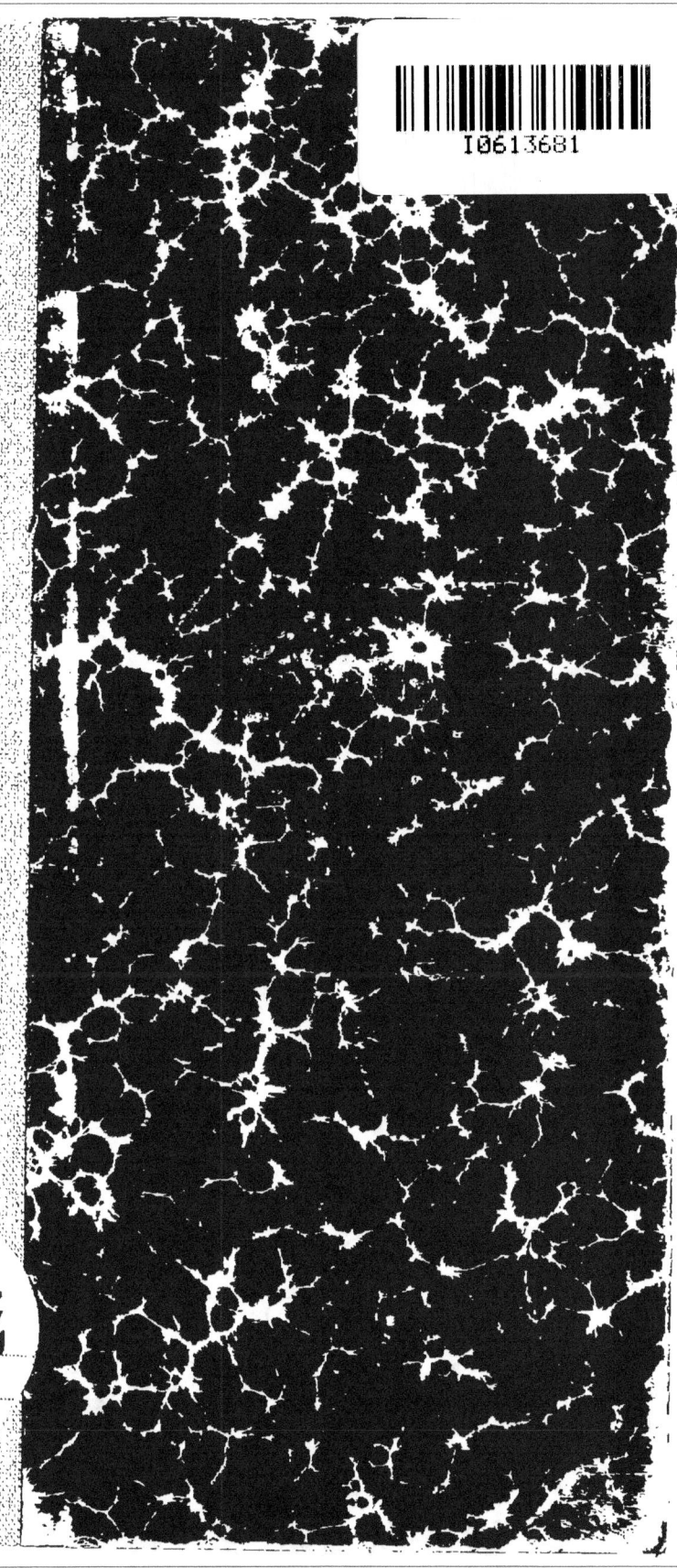

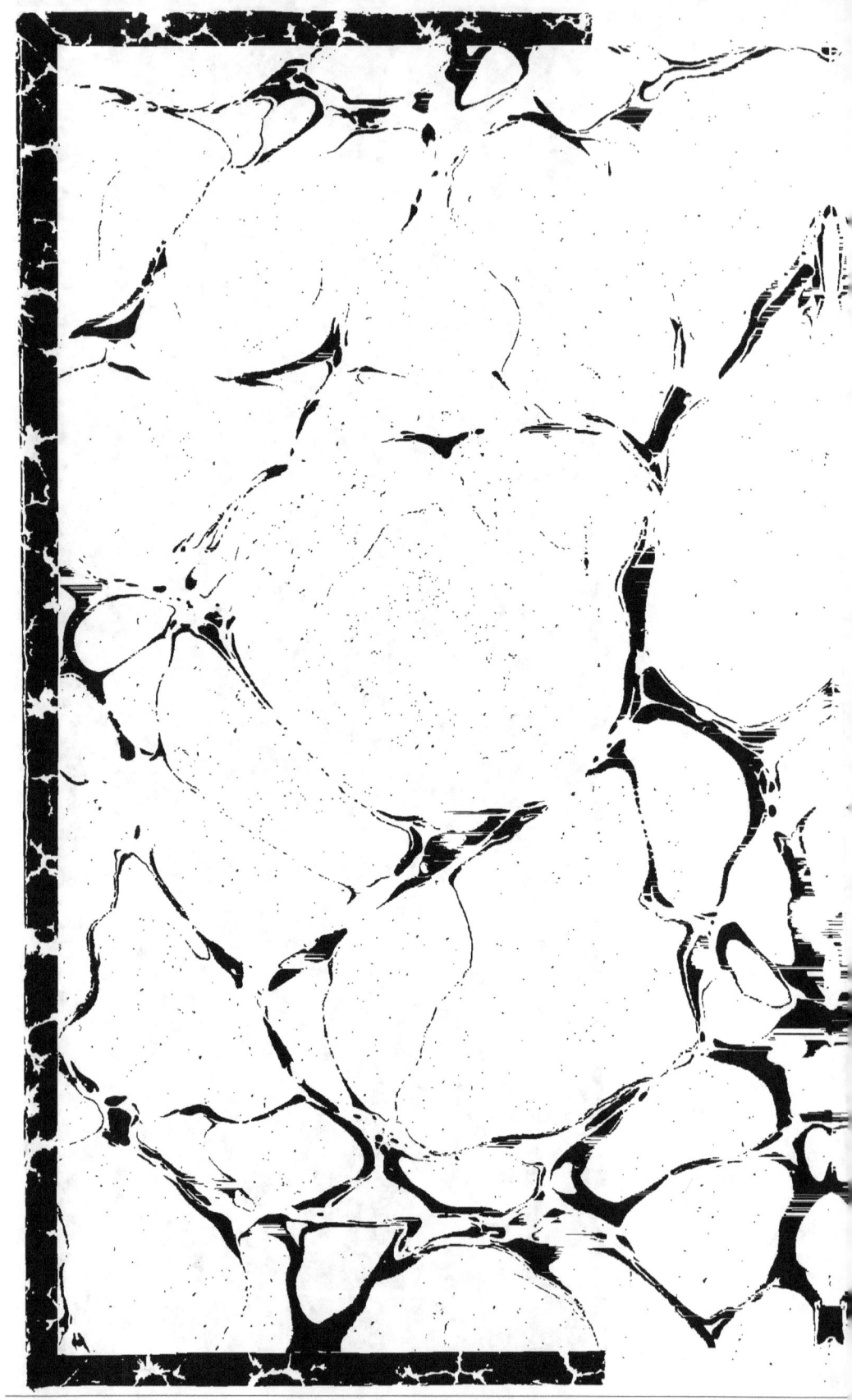

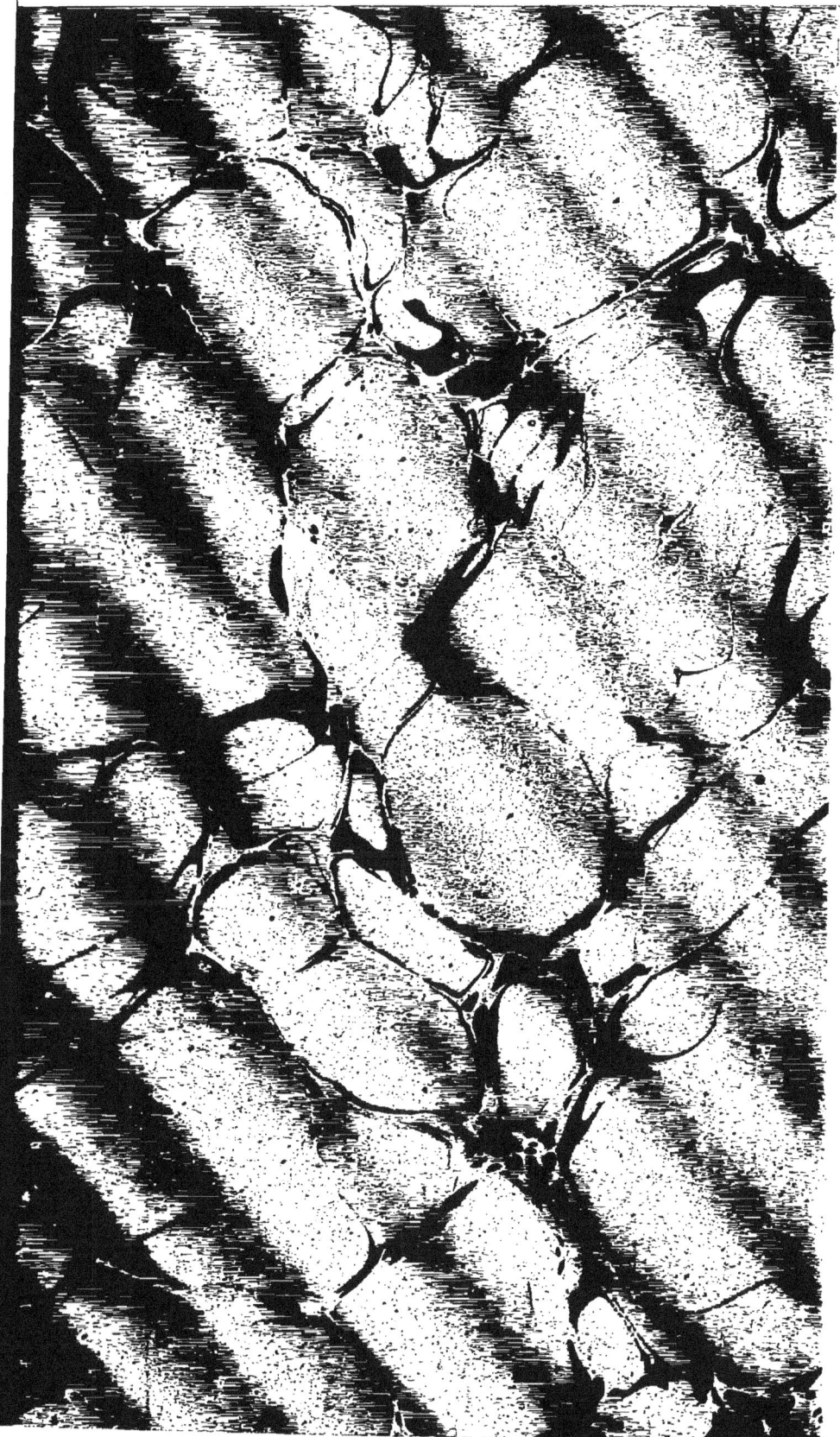

I. BOULANGER

Mᵐᵉ PICANON

(HENRIETTE BERTHOUD)

MON FRÈRE ET MOI

SOUVENIRS DE JEUNESSE

ACCOMPAGNÉS DE

POÉSIES

D'EUGÈNE BERTHOUD

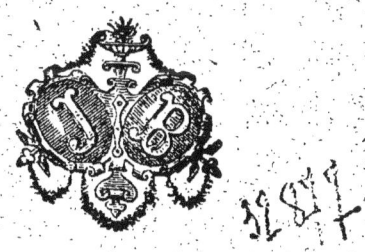

PARIS

J. BONHOURE ET Cⁱᵉ, ÉDITEURS

48, RUE DE LILLE, 48

1876

MON FRÈRE ET MOI

IMPRIMERIE EUGÈNE HEUTTE ET Ce, A SAINT-GERMAIN.

MME PICANON

(HENRIETTE BERTHOUD)

MON FRÈRE ET MOI

SOUVENIRS DE JEUNESSE

ACCOMPAGNÉS DE

POÉSIES

D'EUGÈNE BERTHOUD

PARIS

J. BONHOURE ET Cie, ÉDITEURS

48, RUE DE LILLE, 48

1876

MON

FRÈRE ET MOI

I.

DEUX ORPHELINS.

Mon histoire est déjà vieille ; le soir de ma vie
approche, la nuit va venir ; c'est ce que me disent
les rides de mon front et mes cheveux blanchis.
Avant de disparaître de la scène de ce monde, il
me prend fantaisie de raconter à mes enfants,
peut-être aussi à la génération actuelle des pensionnaires, les principaux incidents de ma jeunesse et quelques-unes de mes pensées intimes.

Je désire rendre ainsi témoignage à la bonté de
Dieu qui n'a cessé, pendant tout le cours de mon

existence, de prendre soin de moi d'une manière remarquable. Chemin faisant, nous nous instruirons de choses bonnes, utiles, consolantes; de celles qui aident à supporter courageusement la vie, à en accomplir les plus humbles devoirs, à s'approcher jour après jour de la mort comme de la messagère qui doit nous introduire dans une patrie meilleure.

Mon père et ma mère se marièrent très-jeunes; quoique de bonne famille, ils étaient sans fortune, mais ils s'aimaient; chacun d'eux apporta pour dot dans le ménage sa part d'intelligence, d'énergie et de travail. Mon père était agent d'affaires d'une importante maison de commerce dans une ville du nord. Afin de le quitter le moins possible, ma mère voulut lui servir de premier commis; leurs entreprises prospérèrent et, au bout de quelques années, ils se trouvèrent à la tête d'une petite fortune. La naissance d'un fils, puis celle d'une fille mirent le comble à leur bonheur.

Cette vie laborieuse et paisible dura peu de temps, hélas! La Révolution de 1830 bouleversa les affaires commerciales; bientôt après, mon cher père tomba gravement malade et devint incapable de travailler. Ma mère songeait à se retirer à la campagne, espérant que le bon air, la tranquillité soulageraient son mari ; on lui conseilla au contraire de s'établir définitivement à Paris pour avoir recours à d'habiles médecins. Ni leur expérience, ni les soins les plus dévoués ne purent sauver le cher malade. Une nuit, mon père nous fit appeler auprès de son lit pour nous embrasser une dernière fois et nous recommander à Dieu; l'heure cruelle de la séparation était arrivée. Quelle douleur pour ma mère ! Mon frère Eugène avait quatre ans, j'avais dix-huit mois !

Après bien des déchirements de cœur, bien des tribulations pour essayer d'arranger les affaires commerciales et d'assurer un avenir à ses enfants, notre vaillante mère nous fut à son tour enlevée deux ans après la mort de son mari. Elle s'endormit en invoquant le nom du Seigneur, en nous recommandant à Celui en qui elle avait trouvé sa force et sa consolation. Nous restâmes tout à fait orphelins.

Alors aussi le frère et la sœur furent séparés pour de longues années. Une dame veuve et sans enfants, parente de mon père, prit Eugène avec elle et l'éleva comme son fils, à Paris; où il fit de brillantes études.

Après avoir passé une année chez M. et
Mme W., mon tuteur et ma marraine, je fus en-
voyée à Sainte-Foy, petite ville située sur les bords
de la Dordogne, où Mme Dupuy me reçut
comme pensionnaire dans l'école normale qu'elle
y avait fondée. Dieu donnait à l'orpheline un
asile où elle fut accueillie avec bonté. La petite
fille de quatre ans devint une poupée vivante pour
les grandes pensionnaires ; toutes voulaient l'ha-
biller et la protéger ; l'une d'elles fut spécialement
chargée de ce soin, et devint ainsi sa PETITE MAMAN.

II.

LA PENSION ET SA DIRECTRICE.

Vous revenez en foule, chers souvenirs de ma jeunesse depuis longtemps envolée ! Comme par magie, ce mot de pension évoque devant mes yeux attendris les gracieux et frais visages de mes compagnes aimées : Aglaé, Mary, Pauline, Emma, Marie ; de celles qui ont partagé mes études, mes jeux, mes promenades, et qui ont reçu la mystérieuse confidence de mes secrets d'enfant !

Notre pension d'alors ne ressemblait en rien à celles qui sont en vogue aujourd'hui. Fondée dans un but noble et désintéressé par une chrétienne distinguée, l'école normale de Sainte-Foy recevait à un prix très-modique les jeunes filles qui désiraient se vouer à l'enseignement. Mon admission, à l'âge de quatre ans, dans cet établissement fut à la fois un acte de charité envers la petite orpheline et une faveur exceptionnelle accordée à mes bienfaiteurs.

Confiée par eux à un pasteur de Paris dont les quatre filles étaient ensemble à la pension, j'y arrivai portant dans mes bras un jouet qui m'avait été donné pour charmer les ennuis de ce long voyage *en diligence;* car les voies ferrées qui s'étendent en France et la coupent en tous sens, rapprochant les distances, n'existaient point alors.

Très-délicate de tempérament, je fus à plusieurs reprises gravement malade et en danger de mort, pendant les premières années de mon séjour à Sainte-Foy; mais, soignée toujours avec tendresse et dévouement, je m'apercevais à peine qu'il me manquait une mère. Ce sentiment, plus douloureux qu'on ne le soupçonne d'ordinaire chez un enfant, me vint plus tard, lorsque, ayant atteint « l'âge ingrat », je fus naturellement moins choyée, moins caressée par mes maîtresses et mes compagnes.

Au bout de quelques années, la tristesse me gagna. L'hiver, il fallait se lever à six heures; les dortoirs étaient vastes et froids: pas de feu pour réchauffer mes membres engourdis, pas de main amie pour m'aider à surmonter les difficultés de ma toilette d'enfant; cheveux à démêler, nœuds à défaire, corsages à agrafer! Et plus je devenais grognon et maussade, moins je trouvais mes compagnes disposées à me prêter secours. Tout en versant un déluge de larmes, je m'arrangeais plutôt mal que bien, et je me préparais ainsi des petits froissements d'amour-propre qui augmentaient la somme de mes misères.

Les leçons marchaient pourtant d'une manière satisfaisante. En fort peu de temps, la lecture était devenue pour moi une ressource, une consolation, et je ne fus jamais paresseuse à l'étude.

Il m'arriva un bonheur : une gentille petite Parisienne, bien élevée, à l'air aimable et distingué, fit son apparition à la pension. Comme moi, elle était orpheline, et comme moi protégée par de généreux bienfaiteurs. La pauvre enfant regrettait Paris et les amis qu'elle y avait laissés ; je compris sa tristesse, et nos cœurs se lièrent d'une étroite amitié, d'une tendresse de sœur que ni le temps, ni la séparation, ni les vicissitudes de la vie n'ont pu altérer jusqu'à ce jour. Dès lors, je ne fus plus seule ; en ma qualité de plus ancienne élève, je me sentis obligée de faire les honneurs de la pension à ma jeune amie et de relever son courage, en cherchant avec elle le secours auprès de Dieu que je commençais à appeler « Mon Père! »

C'était.une personne distinguée que Mme veuve Élie Dupuy, née Dupuy, fondatrice et directrice de l'école normale de jeunes filles de Sainte-Foy. Elle avait reçu une éducation très-soignée et possédait un caractère ferme, énergique, un sens droit et beaucoup d'originalité. Convertie de cœur au Seigneur, à l'époque du réveil religieux dont MM. Wilks, César Malan, Henry Pyt et autres chrétiens éminents furent, en France, les instruments bénis, Mme Dupuy consacra, dès lors, au service de Dieu son temps, ses facultés, sa fortune: Elle ouvrit d'abord une modeste école, puis une pension, qui exerce encore après un demi-siècle, dans le pays et dans la France entière, au moyen des institutrices qui s'y sont formées, des mères de famille qui y ont reçu leurs premières impressions sérieuses, une influence chrétienne et civilisatrice. Le bien fait ainsi est incalculable (1).

Les espiègles pensionnaires s'amusaient beaucoup des traits originaux de Mme Dupuy, et des

(1) L'école normale de Sainte-Foy est actuellement dirigée ar Mme Delhorbe.

petits ridicules de sa personne ; ils se sont trans-
mis de génération en génération en provoquant
bien des éclats de rire. N'ayant pas l'esprit rail-
leur, il me répugnerait d'en égayer mes jeunes
lectrices, et de m'occuper d'une manière irrespec-
tueuse de celle qui fut l'amie de mon enfance. Je
chéris la mémoire de ma bienfaitrice et je garde un
doux et précieux souvenir des douze années que
j'ai passées sous sa protection tutélaire.

Pourtant, je la craignais beaucoup ; jamais l'idée
ne me serait venue de m'approcher d'elle pour lui
faire une caresse ou l'embrasser, quoiqu'elle me
répétât souvent, lorsque j'étais enfant, qu'elle
remplaçait ma mère. Son abord digne et majestueux commandait le respect, et le plus profond
silence s'établissait dans la classe lorsqu'elle y
apparaissait.

Mme Dupuy ne couchait pas à la pension, quoiqu'elle y eût sa chambre, sanctuaire redouté, où
nous tremblions d'être appelées. Elle habitait
l'Enclos, délicieuse campagne située à trois kilomètres de Sainte-Foy. Ses deux belles-sœurs,
âgées comme elle, Mlles Betsy et Molly Dupuy, y
demeuraient avec elle. Dans mon imagination
d'enfant, la première, vive, affairée et grondeuse,

ressemblait à Marthe, la sœur de Lazare de Bé-
thanie, tandis que Mlle Molly, douce, affectueuse
et dévouée, avait, comme Marie, choisi la *bonne
part*. Antoine, le vieux jardinier, faisait aussi l'of-
fice de cocher. Chaque matin, à dix heures, il
attelait le cheval à un modeste char-à-bancs aux
panneaux de bois et dont les plus terribles cahots
ne risquaient point de casser les ressorts absents ;
dans cet équipage rustique, qui a fait pendant
de longues années les délices des rieurs du pays,
il conduisait sa maîtresse jusqu'à l'entrée de la
ville, où il venait invariablement la reprendre
chaque soir, à quatre heures.

Pour nous, pensionnaires, l'Enclos était le pa-
radis enchanté où nous allions prendre nos ébats,
deux fois par semaine en hiver, tous les soirs en
été. Nous errions en liberté dans les bois, dans
les prés qui entouraient la maison ; nous y trouvions calme et solitude pour apprendre les leçons
du lendemain, des violettes à foison au printemps,
des fraises de bois en été, le grand air et l'exercice
salutaire en toute saison.

On nous y recevait dans une vaste salle à manger dont les portes s'ouvraient à deux battants sur
la terrasse fleurie. Quelques fauteuils de paille,

des chaises et une table en composaient l'ameu-
blement. La cheminée, large, profonde et haute,
était ornée d'un antique trumeau représentant le
roi David jouant de la harpe. En face, entre les
deux portes vitrées, était placé l'orgue qui, sous
les mains inhabiles de l'une de nous, accompa-
gnait toujours nos chants religieux. Pendant les
soirées d'été, c'était touchant et beau d'entendre,
au milieu du silence de la campagne, ces jeunes
voix unies pour célébrer les louanges du Seigneur.
Le cantique de prédilection de notre maîtresse
était celui-ci :

> Qu'il est doux de se dire :
> L'Éternel pense à moi !
> Il voit quand je soupire,
> Quand je suis dans l'effroi ;
> Il recueille mes larmes,
> Il veut les essuyer,
> Et je n'ai point d'alarmes
> Qu'il ne puisse calmer !

Que de fois, dans la vie, ces vers consolants me
sont revenus à la mémoire !

Au jardin, nous avions nos coins préférés : *la
tonnelle des pensionnaires*, formée des branches
arrondies d'un ormeau et garnie de bancs à notre

usage ; on y arrivait à l'abri d'une de ces longues treilles faisant charmille, si communes dans le Midi. Le mur d'enceinte du jardin, au-dessus duquel s'élevait le berceau, nous servait de balcon pour regarder le bétail qui venait boire et se laver à l'abreuvoir. C'était là que nous faisions nos meilleurs éclats de rire.

Dans une autre partie du jardin, un second bosquet plus petit attirait surtout les amies sentimentales qui recherchaient la solitude. On y arrivait par un sentier bordé d'une haie vive, au delà de laquelle s'étendaient des champs de blé et de luzerne. Mon frère Eugène, doux poëte, l'a chanté d'après mes récits dans cette page charmante où, se mettant à ma place, il s'adresse ainsi à ma meilleure amie :

HENRIETTE A AGLAÉ.

Oh ! dans l'asile heureux où coula notre enfance,
Dis-moi... lorsque la nuit étend son ombre immense
      Comme un manteau de roi,
Parfois n'entends-tu pas dans un songe de flamme
Une voix qui te dit : Ame sœur de mon âme,
      Aglaé, pense à moi !...

Pense à moi quand tu vas, rêveuse et solitaire,
Le long de ce sentier que notre cœur préfère,
  Où, penchée à ton bras,
Tant de fois j'entendis murmurer ta voix douce,
Et tes pas si légers fouler la verte mousse
  A côté de mes pas.

Pense à moi... quand tu vois, les ailes étendues,
Un oiseau voyageur fuir à travers les nues...
  Peut-être il vient ici...
Peut-être il passera devant mes yeux... peut-être
L'hiver, il frappera du bec à ma fenêtre,
  Triste et de froid transi !...

Oh ! pense à moi surtout quand la douleur te gagne !
Crois-moi, tu sentiras, au nom de ta compagne,
  Tes larmes se tarir,
Et tu diras tout bas : J'ai donc aussi sur terre
Une prière ardente à joindre à ma prière,
  Un cœur pour me chérir !...

Mais pense à moi toujours ! moi comment t'oublierais-je ?
Ta voix n'est-elle pas la voix qui me protége
  Et qui sèche mes pleurs ?
N'avons-nous pas grandi, jumelles de pensées,
Comme on voit au soleil, les tiges enlacées,
  S'ouvrir deux jeunes fleurs ?...

Le Seigneur toutes deux nous couvrit de ses ailes...
Nous sommes devant Lui comme deux tourterelles
  Qu'un même souffle unit ;
Si l'une des deux meurt, l'autre reste isolée,

Elle poursuit longtemps sa compagne envolée
  Et la rappelle au nid!...

Aimons-nous donc toujours! Que rien ne nous égare!
Qu'importe si l'orage un instant nous sépare!
  Cet instant sera court!
Que l'horizon soit pur ou bien sombre... qu'importe,
Pourvu que, dans les cieux, le vent qui nous emporte
  Nous réunisse un jour!...

Aimons-nous, ô ma sœur!... Et que le sort t'envoie
Ou l'absinthe des pleurs, ou le miel de la joie,
  J'en prendrai la moitié ..
Afin que le malheur s'écarte de notre âme,
Gravons-y toutes deux en larges traits de flamme
  Ce doux mot : AMITIÉ!

Les charmes du jardin de l'Enclos, bien grands
pour des pensionnaires, n'étaient rien en compa-
raison de ceux du bois, où nous jouissions d'une
liberté complète. Là, point de fruits défendus,
point de tentations comme au jardin. On pouvait
se coucher sur l'herbe moelleuse, cueillir les fleurs
à pleines mains, savourer sans remords les fraises
parfumées, se rafraîchir avec l'eau pure du ruisseau qui murmurait doucement.

Dans un coin sombre se trouvait le cimetière de la
famille devant lequel nous pressions involontaire-

ment le pas; puis, tout au fond du bois, la tombe d'une jeune fille riche, belle, aimée, morte à dix-huit ans, à l'Enclos, où elle était en visite avec ses parents. Maintenant elle reposait immobile sous cette froide pierre! Nous aimions à nous y asseoir, à relire l'inscription funéraire : « Je suis la résurrection et la vie, a dit Jésus; celui qui croit en moi, encore qu'il soit mort, vivra ». Ces paroles nous portaient au recueillement, aux pensées graves et sérieuses.

A mesure que j'écris, mes souvenirs se réveillent et se pressent sous ma plume. Il me semble voir encore la vaste maison que bordait le bois; une terrasse couverte de fleurs et un grand jardin potager s'étendaient devant la façade garnie jusqu'au toit de rosiers en fleurs. Une belle prairie déroulait sous la terrasse son tapis velouté. Le soir, les vaches s'y rassemblaient, et nous avions sous les yeux un de ces ravissants paysages animés, si bien rendus par le pinceau de Rosa Bonheur: les arbres touffus dorés par les rayons du soleil couchant; le ciel d'un bleu profond sur lequel se détachaient, au crépuscule, les silhouettes des chênes, des sapins et des ormes; la fille de basse-cour assise sur un escabeau, occupée à traire vivement les vaches, dont chacune arrivait à son appel. Combien j'aurais aimé savoir les dessiner dans leurs jolies poses : les unes couchées sur l'herbe, d'autres le mufle allongé, mugissant d'impatience d'aller retrouver leur veau à l'étable, d'autres encore dans un état d'immobilité complète.

Vers huit heures, dans les grands jours, Mlle Molly, aimable et généreuse, nous faisait souvent une distribution de fruits de la saison ; on chantait quelques cantiques ; puis, nous reprenions à pas lents le chemin de la ville. Le ciel se brodait d'étoiles et les constellations, que nos maîtresses nous enseignaient à reconnaître, se montraient à nous dans toute leur splendeur. Je les contemplais en rêvant aux demeures des anges. Lorsque, plus tard, j'appris que ces diamants de la voûte azurée sont des soleils et des mondes remplis, comme le nôtre, des œuvres merveilleuses du Créateur, je compris que l'éternité ne sera pas trop longue pour les voir, les connaître et adorer le Dieu dont icibas nous ne savons qu'à peine balbutier le grand Nom, comme aussi nous ne pouvons apercevoir que le *bord de ses voies*.

En arrivant à la pension, on se couchait après avoir prié. Et si, pendant la promenade, le jeu, les

tentations champêtres avaient fait négliger l'étude
des leçons du lendemain, nous avions la ressource
de nous lever dès l'aube et de préparer nos devoirs,
tranquillement assises dans la cour de la pension,
avec accompagnement de chants d'oiseaux.

Qui de vous, ô mes compagnes d'alors, aujour-
d'hui peut-être grand'mères, n'a revu souvent
dans ses rêves cette cour de la pension ? Étroite,
sombre, entourée de hautes murailles, elle avait,
aux yeux des nouvelles venues, quelque chose de
sinistre, mais on s'y accoutumait bientôt. Un ormeau, plusieurs fois séculaire, nous rassemblait
sous son ombre pendant la récréation de midi. Que
de générations de pensionnaires il a bénévolement
abritées des rayons brûlants du soleil ! Que de frais
éclats de rires, que d'histoires racontées, que de leçons apprises au pied de cet arbre vénérable ! De
mon temps, on y déjeunait, on y goûtait, on y
écossait les pois du dîner. Aussi, lorsque je l'ai revu,
que de scènes de ma jeunesse il m'a remises en
mémoire ! Il y avait encore un tilleul dont les
fleurs embaumaient la cour, des amandiers, des
pruniers, des noisetiers qui, avec l'ormeau, formaient au-dessus de nos têtes un dôme de verdure.
Avant même que les fruits fussent mûrs, nous

allions à la maraude, munies de longues cane-
velles pour nous en emparer. C'était à qui serait la
plus adroite, et l'air retentissait de nos cris joyeux.

Mais les fruits ne mûrissent guère que vers les
vacances, et la bande des jeunes filles est alors ré-
duite à un petit nombre, cinq ou six à peine. Depuis des mois, elles ont entendu leurs compagnes
compter les semaines, les heures, les minutes, jusqu'au moment désiré du départ, du retour chez
soi ! Pour elles, tristes, orphelines, il n'y a point
de chez-soi ; leur cœur se serre, elles pleurent...

Pourtant, il y aura pour elles aussi d'agréables
vacances, et tout d'abord, ce délicieux sentiment
que chaque heure n'est plus réglée impitoyable-
ment d'avance, qu'on est libre de travailler, de lire,
de se distraire à sa guise.

Au commencement de septembre, Mᵐᵉ Dupuy
allait, avec sa fidèle servante Vérillotte, s'installer
à La Nougarède, dans une gentille maisonnette
entourée de rosiers, au bord de la Dordogne, à
quelques kilomètres de Sainte-Foy. Notre maîtresse s'y préparait aux vendanges, travail sérieux
dans ce pays de vins renommés.

Les pensionnaires étaient ordinairement invi-
tées à passer à tour de rôle, deux à deux, quelques

semaines à La Nougarède. C'était un vrai plaisir ;
la maison étant petite on y vivait sans cérémonie.
Au rez-de-chaussée, se trouvait la chambre de
Mme Dupuy, meublée à l'antique, avec deux grands
lits à la duchesse ; à côté, la salle à manger et la
cuisine ; au premier étage, trois chambres à coucher, celle des pensionnaires ayant vue sur la rivière et les ravissantes prairies qui la bordent. Le-
vées de grand matin, nous aimions à coudre ou
à broder près de la fenêtre, surtout à suivre longtemps du regard les barques qui glissaient sur
l'eau.

A près déjeuner, munies de paniers, abritées sous
de grands chapeaux, nous affrontions les ardeurs
du soleil pour aller, sous prétexte de cueillir des
fruits, surveiller les vendangeurs et nous assurer
qu'ils s'acquittaient fidèlement de leur tâche.
Tout en grimpant le long des sentiers escarpés du
coteau de l'Ermitage, nous nous régalions de ses
incomparables raisins dorés ; nous mordions à
belles dents les pêches veloutées, et notre surveil-
lance à l'égard des vendangeurs s'exerçait d'aussi
loin que possible. A mi-côte on a bâti une cabane
hospitalière où nous trouvions de l'ombre et des
siéges. Rien n'est beau comme la vue dont on y

jouit... Devant vous s'étend au loin un vaste et riche panorama : la Dordogne brille au soleil comme un ruban d'argent; ses rives, tantôt sauvages et escarpées, tantôt unies comme une plage, serpentent au milieu de prairies bordées de saules et de peupliers; de riants coteaux bornent la vue d'un côté de l'horizon. De petites barques de pêcheurs vont et viennent d'un bord à l'autre de la rivière. Des bandes de femmes lavent bruyamment leur linge tout en s'égayant dans leur patois aux dépens de leur prochain; leur costume s'harmonise parfaitement avec le paysage qui les encadre : une petite veste bleue, une jupe de molleton rouge, un fichu croisé sur la poitrine, et, sur leurs cheveux, noirs comme l'aile d'un corbeau, un mouchoir à carreaux de couleurs voyantes arrangé à la bordelaise; les pieds nus. Lorsqu'elles ont une course à faire, elles ne manquent pas de se munir de l'immense parapluie rouge qui leur sert d'ombrelle.

Regardez au loin dans la plaine. Voyez à droite, là-bas, cette maison blanche à moitié cachée par un rideau de peupliers, entourée d'un fouillis de verdure : c'est notre cher Enclos! En face vous apercevez le clocher de Sainte-Foy, et ces coteaux lointains sont ceux de Laforce, célèbres aujourd'hui par les beaux établissements que la foi et la charité y ont élevés pour le soulagement des misères humaines.

Mais il est temps de redescendre à la maison. Prenez garde ! la pente est rapide, un faux pas serait dangereux !...

Lorsque nous revenions de la vigne, il y avait toujours de l'occupation pour nous : souvent, des lettres à écrire sous la dictée de Mme Dupuy ; des raisins à suspendre pour les conserver, des pommes à trier sur le plancher du grenier.

Il fallait aussi s'asseoir dans le chai pour assister à la fabrication du vin et veiller au partage équitable du moût. Cette opération se prolongeait fort tard et nous avions bien sommeil.

De temps en temps les pensionnaires restées à Sainte-Foy venaient nous voir avec la sous-maîtresse ; c'était pour nous un jour de fête. Elles nous racontaient leurs excursions à la campagne chez d'anciennes élèves ; nous comptions ensemble combien nous aurions de nouvelles compagnes à la rentrée ; et, tout en causant, en riant, nous grimpions jusqu'au sommet du coteau, à l'endroit des plus fameux raisins, des figues les plus sucrées.

Voilà la fin d'octobre ; les vacances sont passées, les élèves reviennent en foule. Quel plaisir de reprendre ses études après deux mois d'interruption !

III.

Nous sommes en 1842; j'ai onze ans. La vie intellectuelle se développe en moi; j'aime l'étude et je m'efforce d'y faire des progrès. La poésie surtout me ravit ; elle exprime si bien ce que j'éprouve au spectacle de la nature, ainsi que ce sentiment de tristesse qui s'empare de tout mon être à mesure que je grandis. Mes compagnes ont un père, une mère, des frères et des sœurs ; sans cesse elles parlent de leurs parents bien-aimés, de la joie du retour au sein de leur famille. Et moi aussi j'avais un père, une mère qui me chérissaient; ils ne sont plus... je suis seule dans le monde!

Cette pensée, revenant sans cesse, me torturait. Je m'y complaisais, et les poésies que j'apprenais alors lui servaient d'aliment. Que de fois n'ai-j

pas répété, en versant des larmes de douleur, ces
vers d'Alexandre Soumet :

Ah! pourquoi n'ai-je pas de mère?
Pourquoi ne suis-je pas comme le jeune oiseau
Dont le nid se balance aux branches de l'orméau!

Je recherchais la solitude pour me livrer à mes
méditations mélancoliques; le jeu n'avait pour
moi plus d'attrait, et souvent je passais à pleurer
les heures de la récréation. Ma bonne Aglaé s'aperçut vite de ma tristesse; elle me combla de caresses et tâcha, par de douces paroles, de relever
mon courage : « Ne pleure pas, me disait-elle;
j'ai le même chagrin que toi, mais nous avons,
dans le ciel, un Père qui ne nous abandonnera
pas. »

Justement, à cette époque, un grand réveil religieux se manifesta en France, et particulièrement
à Sainte-Foy. Il y avait dans cette localité de jeunes pasteurs pleins de zèle et d'activité pour le
service du Seigneur. Ils s'associèrent pour fonder
une école du dimanche qui aussitôt devint pros-
père, fréquentée qu'elle était régulièrement par
le élèves des nombreuses écoles et pensions de la

ville. Ce fut un moyen de bénédiction pour beaucoup de jeunes âmes. En même temps les prédications et les services religieux de la semaine furent multipliés; on apporta un soin tout particulier à organiser le chant sacré, et une vie nouvelle de foi, de piété, circula parmi les enfants de Dieu.

Un dimanche, après avoir entendu une éloquente prédication de M. le pasteur P..., sur le 55ᵐᵉ chapitre d'Ésaïe, la conviction du péché pénétra dans ma conscience; je compris que la vraie cause de ma tristesse était, avant tout, mon état de rébellion. En effet, le but de ma vie ne pouvait être de m'apitoyer sur mes propres malheurs; le plus grand de tous était certainement de ne point me soumettre avec humilité à la position particulière dans laquelle je me trouvais par la volonté de mon Père céleste.

Je passai trois jours dans de grandes angoisses, soupirant après la délivrance, le pardon et la paix. Les promesses du Seigneur contenues dans sa Parole me revenaient à la mémoire, mais elles ne calmaient pas mon cœur parce que je ne les acceptais pas *pour moi personnellement*. J'avais faim et soif de la justice. Plusieurs de mes amies se trouvaient dans le même état que moi.

Nous étions au mois de juin et nous nous ren-
dions chaque soir à l'Enclos ; les prés étaient fau-
chés, nous avions liberté entière d'aller nous y
asseoir pour étudier nos leçons. Je choisis avec
une de mes compagnes le chemin du joli ruisseau ; assises à l'ombre, nous reprîmes notre entretien, tantôt lisant notre Bible, tantôt priant avec
larmes pour obtenir le sentiment de notre adoption en Jésus-Christ. Ce soir-là, je reçus en effet
la joie du salut. Mes yeux s'ouvrirent, mon cœur
aussi. Ces paroles : « Dieu est *mon père* » prirent
un sens tout nouveau pour moi. L'amour du
Sauveur, la rédemption par son sang, la parfaite
justice dont le pécheur croyant en Lui est revêtu
par grâce ; toutes ces vérités qui m'avaient été en-
seignées maintes fois, je les compris seulement
alors. Quelle soirée mémorable ! Un bonheur que
je ne saurais exprimer remplit mon cœur, et je me
sentis transformée en une nouvelle créature ; je ne
pouvais cesser de louer Dieu, de le bénir même à
haute voix pour un si grand bienfait. Je ne me
rappelle pas exactement ce qui se passa parmi mes
compagnes, mais je sais que six à huit d'entre
nous purent se réjouir de posséder une même foi.
Constamment réunies , nous nous plaisions à

chanter ensemble de joyeux cantiques, à prier chacune à notre tour. Plusieurs autres jeunes filles désirèrent assister à nos réunions et nous nous efforçâmes de leur faire partager notre bonheur. Bientôt, le grenier dans lequel nous allions chercher la solitude et le recueillement fut envahi dans le même but par toutes les pensionnaires, et la récréation se passa chaque jour en prières.

Nos sous-maîtresses, profondément réjouies de cette œuvre de l'Esprit de Dieu, se joignirent à nous; dès lors, les réunions se tinrent avec ordre dans la salle d'étude, et Mlle Clémentine, que nous chérissions, s'adressant à nous comme à des amies en la foi, nous fit part de ses lumières et de ses expériences chrétiennes. Elle médita avec nous la Parole de Dieu qui nous devint de plus en plus précieuse. Oh! quel temps de jouissances inexprimables! Il nous semblait parfois que nous étions déjà au ciel; nous nous aimions comme des sœurs et nous redoublions de zèle dans l'accomplissement de nos devoirs, désirant glorifier Dieu par nos œuvres. Nous éprouvions les sentiments attribués par Bunyan à *Chrétien* lorsque, dans son voyage vers l'Éternité bienheureuse, il fut délivré, en approchant de la croix, du fardeau qui l'avait accablé jusqu'alors.

J'étais dans les mêmes dispositions, l'année suivante, lorsque j'eus le privilége d'être admise à la communion, avec sept ou huit pensionnaires, par M. le pasteur N... qui s'était chargé de notre instruction religieuse. Sa méthode consistait à nous aire bien connaître la Bible par l'étude comparée des passages parallèles. Il choisissait un sujet ou un caractère qu'il nous faisait analyser à fond par ce moyen.

L'époque de ma conversion est loin maintenant. Comme le *Chrétien*, j'ai traversé dans mon pèlerinage beaucoup de difficultés; il m'a fallu lutter contre Satan, contre le monde, contre mon cœur rusé et porté au mal, et souvent hélas ! j'ai été terrassée et meurtrie. Mon fidèle Sauveur m'a constamment relevée de mes chutes, il m'a soutenue dans mes faiblesses : toujours son amour a consolé et réjoui mon cœur. Il est de plus en plus pour moi la source des eaux vives, le pain du ciel, le soleil de justice qui éclaire, réchauffe, vivifie mon âme et la prépare, dès maintenant, à ses immortelles destinées.

IV.

NOS OCCUPATIONS ET NOS FÊTES.

Il fallait toujours un certain temps après les vacances pour se remettre sérieusement au travail, se plier de nouveau aux bonnes habitudes et retrouver son équilibre. « Le diplôme, le diplôme, mesdemoiselles, voilà votre but, ne l'oubliez pas! » C'est ce que ne cessaient de nous répéter Mme Dupuy et les sous-maîtresses pour exciter notre zèle.

Nous nous levions à six heures en hiver ; l'été, nous étions libres de descendre beaucoup plus tôt à l'étude. La toilette devait se faire promptement mais avec soin. A tour de rôle, chacune de nous était *ménagère*, c'est-à-dire chargée de mettre le couvert dans la salle à manger, de couper et distribuer le pain, de servir à table. Chacune faisait son lit; à tour de rôle aussi nous devions balayer les dortoirs, la classe, la salle d'étude. Une servante s'occupait de la cuisine; une lingère raccommodait le linge et surveillait le repassage que nous faisions, le samedi, par bandes de cinq ou six. Ce jour-là nous avions demi-congé; c'était jour de marché et jour de sortie pour les élèves des environs. Après l'instruction religieuse, dont l'analyse devait se faire soigneusement par écrit, on rangeait son armoire, on raccommodait ses bas et ses gants, on nettoyait ses chaussures pour le lendemain. Précieuses habitudes de ma chère pension, que de fois ne vous ai-je pas bénies plus tard lorsque, mère de famille, j'ai dû mettre la main à tout! Les mœurs sont changées maintenant, et la lutte de la vie, toujours plus difficile, est d'autant plus amère que l'on a été élevé plus mollement. De là ce malaise qui s'accentue de plus en plus dans la société, ce mécontentement de la position que l'on occupe, et ce flot de vanité, de luxe, d'orgueil qui va tous les jours grossissant.

Laborieuses habitudes de ma chère pension, que de services vous m'avez rendus dans ma vie!

Les études marchaient en même temps; une émulation salutaire nous animait; nous y trouvions déjà de vraies jouissances ; pourtant, il faut l'avouer, ce qu'on apprend d'ordinaire en pension n'est qu'élémentaire et préparatoire ; il en était du moins ainsi de mon temps. Même alors, nous avions la prétention d'apprendre l'histoire, la littérature, la physique, la géométrie et l'algèbre... Hélas! que j'en avais retenu peu de chose! Quant à la botanique, Mme Dupuy nous en donnait elle-même des leçons fort amusantes : Au printemps, nous ramassions dans les bois, dans les prés, d'énormes bouquets que nous lui apportions en triomphe. Assise sur son pliant, au milieu du cercle animé que nous formions autour d'elle, notre maîtresse nous enseignait à classer les fleurs; elle nous en faisait connaître les noms, les propriétés ; ainsi dirigée, cette étude nous paraissait charmante.

Il y avait à l'Enclos un cabinet mystérieux, contigu à la chambre à coucher de Mme Dupuy. Je n'y entrais qu'avec respect ; les murailles étaient ornées de portraits de famille, de paysages dont plusieurs avaient été peints par notre directrice elle-même. Un vieux bahut contenait des reliques du temps passé; je me souviens surtout d'une coquille de noisette servant de boîte; elle renfermait douze mignons petits couteaux, des amours de couteaux de poche qui s'ouvraient et se fermaient à volonté. — Deux fois par an, à l'occasion de nos *grandes fêtes*, Mme Dupuy exhibait devant nous ses trésors.

La principale fête se célébrait le 5 juillet, jour anniversaire de la fondation de l'École. A cette occasion, nous offrions à notre maîtresse un ouvrage de tapisserie ou de broderie, auquel toutes les élèves avaient fait au moins quelques points. — Elle nous invitait, ce jour-là, à partager, à l'Enclos, une superbe collation ; la longue table chargée de gâteaux, de fruits, de sucreries était dressée d'ordinaire sur la terrasse bordée de fleurs ; entourée de visages jeunes et joyeux, elle offrait, je vous assure, un ravissant coup d'œil.

Le sentiment religieux présidait toujours à ces fêtes. Le vénéré pasteur, M. Henriquet, rendait grâces au Seigneur pour la protection continue qu'Il accordait si visiblement à notre chère pension, pour le bien que faisaient, dans diverses parties de la France, les institutrices qui s'y étaient formées. Mme Dupuy nous adressait quelques paroles d'amitié et d'encouragement, et la séance se terminait par le chant des cantiques. Nous étions

libres ensuite de danser des rondes, de nous pour-
suivre joyeusement dans le pré, ou de nous asseoir sur l'herbe.

L'autre fête avait lieu le 1er janvier. Dès la
veille, chacune de nous laissait, comme par mé-
garde, la clef à son armoire, assurée d'y trouver les
cadeaux déposés par des mains amies. C'étaient
des pelotes en forme de cœur ou de lyre, des por-
te-aiguilles en soie, des cure-dents brodés avec
des perles et portant une devise, des boîtes rem-
plies de pastilles, toutes sortes de babioles connues
et appréciées des pensionnaires. Que de joie, de
remercîments, d'embrassades après ces chères
trouvailles! Et que de bonbons croqués à belles
dents!

Le soir, nous allions processionnellement offrir
notre cadeau aux sous-maîtresses : un manchon,
un manteau à la mode, etc.

Venait enfin le jour de l'an! Dès l'aube, nous
nous embrassions toutes en nous souhaitant les
unes aux autres une heureuse année. Qu'on se
représente le tohu-bohu des dortoirs, ce matin-là !
Il fallait se hâter, toutefois, et partir pour l'Enclos,
où nous attendait un bon déjeuner. Tous les mé-
tayers, vignerons et fermiers de Mme Dupuy et de

ses belles-sœurs arrivaient avec des paniers remplis de volailles. Chacun d'eux, en offrant son cadeau aux maîtresses de la maison, se découvrait respectueusement et répétait en patois la phrase sacramentelle : « Vous souati la bouna annada, accoumpagnada de plusiours aoutras. » (Je vous souhaite la bonne année, accompagnée de plusieurs autres.) Après quoi on les régalait à la cuisine.

Le déjeuner fini, tous se rassemblaient dans la grande salle où nous étions réunies, et M. le pasteur H. consacrait solennellement avec nous au Seigneur l'année nouvelle par des chants, des prières et la lecture du psaume XC.

L'après-midi se passait à lire les lettres adressées à Mme Dupuy par d'anciennes élèves qui, ne pouvant être présentes à la fête, y assistaient de cœur. — Nous folâtrions un moment au jardin ; on dînait, puis venait l'heure du départ.

V.

FRÈRE ET SŒUR.

L'arrivée du facteur, de tout temps et en tout pays, a été, et sera un moment important dans la vie monotone des pensionnaires. Son coup de marteau retentit dans les cœurs en y évoquant le souvenir du chez soi tant aimé, du père, de la mère, des grands parents, des frères et sœurs. Quelle nouvelle aujourd'hui? joie ou deuil?

Pour moi seule, entre toutes mes compagnes, cette minute suprême était indifférente. Une fois par an, dans les premiers jours de janvier, ma chère bienfaitrice et marraine m'écrivait pour m'encourager au travail, m'assurer de son intérêt bienveillant; le reste du temps, la poste était pour moi absolument muette.

Un jour... c'était le 3 janvier 1844; toutes les

élèves étaient assises sur les bancs de la classe, en face de l'estrade où le pasteur allait monter pour l'instruction religieuse. Le facteur frappe à la porte, remet les dépêches à la sous-maîtresse, et mon nom, répété de bouche en bouche, arrive jusqu'à moi. Une lettre pour Henriette, une lettre de Paris! .. Je l'ouvre d'une main tremblante, car l'écriture n'est point celle de ma marraine. Un nuage passe sur mes yeux : elle est signée de mon frère, de ce frère l'objet chéri de mes pensées et de mes rêves, dont je suis séparée depuis tant d'années, sans jamais entendre parler de lui, sans avoir, depuis un temps infini, reçu de ses nouvelles!

Bientôt Mme Dupuy arrive dans la classe; on m'interroge, je réponds en pleurant; mon émotion se communique et la pension entière prend part à mon bonheur.

· Elle est là sous mes yeux, cette lettre lue et relue mille fois, mouillée de larmes et couverte de baisers, dans ce temps lointain de ma jeunesse; je l'ai gardée précieusement jusqu'à ce jour. En voici quelques lignes :

« Il y a bien longtemps que je ne t'ai vue, ma chère sœur ; huit ans! et cependant, je ne t'ai pas oubliée; j'ai toujours gardé ton souvenir, et jusqu'à présent mon plus grand désir a été de te revoir. J'espère que le moment qui doit nous réunir n'est pas éloigné et que bientôt je pourrai t'embrasser, te témoigner toute mon affection.

« Je travaille pour avoir promptement fini mes études; il y a longtemps déjà que ma mère adoptive fait des sacrifices pour que je reçoive une bonne éducation. Il me tarde de pouvoir lui prouver ma reconnaissance.

« Mais toi, ma chère sœur, écris-moi, je t'en prie; raconte-moi tes occupations, tes amusements. Dis-moi si tu as des amies, je serai si content d'avoir une lettre de toi ! »

Il était donc bien vrai, j'avais un frère ! Mes souvenirs ne me trompaient pas, mon cœur non plus; ce cher petit compagnon de mes jeux qui, dans ma première enfance, partageait avec moi les tendres caresses de notre mère, mon frère soupirait maintenant comme moi après l'heure bénie du revoir ! Dès lors, toutes mes pensées s'élancèrent vers lui et son nom bien-aimé eut sa place dans toutes mes prières.

L'année suivante, après quelques lettres échan-

3

gées entre nous, Eugène, qui n'avait pas dix-sept ans, m'annonça une heureuse nouvelle : « J'ai passé mes examens, ma bonne sœur, m'écrivait-il, et, soit indulgence de la part des professeurs, soit que les questions aient été plus faciles qu'à l'ordinaire, j'ai reçu mon diplôme de bachelier ès lettres. Tu ne peux te figurer toute la joie que m'a fait éprouver ce premier succès ; il semble que terminer ses études, c'est sortir de l'enfance où l'on a langui jusque-là, pour entrer sérieusement dans la vie, pour être un homme enfin, et prouver par sa bonne conduite, par son ardeur au travail, à ceux dont la main généreuse nous a constamment soutenus, que leurs soins n'ont point été perdus et qu'ils n'ont point obligé des ingrats.

« Je joins à ma lettre quelques vers que tu liras peut-être avec plaisir, ajoutait-il ; c'est en pensant à toi que je les ai composés :

UNE SŒUR. -

Une sœur, mot divin, mot rempli de tendresse,
Présent des cieux,
Tu calmes les chagrins, tu chasses la tristesse
De tous les yeux.

Tu détournes de nous une pensée amère,
Une douleur,
Et tu nous adoucis la perte d'une mère,
Saint nom de sœur!...

Lorsque, sur le sentier pénible de la vie,
Nous chancelons,
Abreuvés de dégoûts, accablés par l'envie,
Quand nous pleurons...
Quel regard tendre et pur dissipe les alarmes
De notre cœur?
Quel ange de bonté vient essuyer nos larmes?
C'est une sœur!

Quand le monde nous voit avec indifférence,
Quand on nous fuit,
Lorsque de nos soupirs et de notre souffrance
L'heureux se rit...
Qui ramène la paix en notre âme froissée
Par le malheur,
Et joint sa douce main à notre main glacée?
C'est une sœur!

Mais il arrive un jour, enfin, où l'on succombe
A tant de maux,
Et lorsque, libre, on va demander à la tombe
Un froid repos,
Si quelqu'un près de nous murmure une prière
Avec ferveur,
Si quelque ami pieux ferme notre paupière,
C'est une sœur!

EUGÈNE B.

Ces strophes, est-il besoin de le dire, circulèrent parmi mes compagnes ; chacune voulut les copier, les apprendre par cœur, et chaque fois que quelque visiteur venait à la pension, Mme Dupuy m'appelait pour me les faire réciter.

Cette période de ma vie fut, en dehors de mes études, tellement employée à penser à mon frère, à m'occuper de lui, que je ne puis m'empêcher de transcrire ici quelques passages de notre correspondance :

EUGÈNE A HENRIETTE.

Avec quel plaisir, ma chère sœur, je remarque dans toutes tes lettres ton impatience de me revoir! Surtout, combien ils m'ont touché ces mots que j'ai lus sur la dernière d'entre elles : Va où je voudrais être! Et moi aussi, chère Henriette, il me tarde d'être près de toi, de te parler, de te serrer dans mes bras ! Et moi aussi, je voudrais posséder des ailes pour franchir cet espace si grand qui nous sépare, et pour aller respirer auprès de toi l'air pur et embaumé du midi de la France. Comme je le fuirais joyeux, ce Paris, au climat humide et glacé, au ciel toujours couvert de nuages, si une autre affection ne m'y retenait, si je n'avais à y aimer, à y chérir la mère adoptive qui a fait tant pour nous et qui fait tant encore ! Chère sœur, que de choses, après dix ans de séparation, nos cœurs devront avoir à se dire ! Mais, hélas ! il faut encore attendre !... Attendre quand ma pensée est toujours près de toi, quand elle te suit constamment, à toute heure, dans ton travail comme dans tes amusements.

Si je ne t'ai pas écrit immédiatement, ma bonne petite sœur, c'est que je voulais auparavant répondre d'une manière certaine et positive à la question que tu me fais dans ta dernière lettre. Tu me demandes, s'il t'en souvient, quel jour je dois faire ma première communion. Je m'àpprocherai pour la première fois de la sainte Table, au temple de l'Oratoire, le 31 mai, jour de la Pentecôte. Au moment d'accomplir l'acte solennel de la communion, j'aurais désiré te voir à mes côtés ; j'aurais voulu que nos âmes se confondissent en une seule et même prière ; mais, quoique ce bonheur nous soit refusé, j'espère cependant, ma chère sœur, qu'en élevant ton cœur à l'Éternel tu n'oublieras pas en ce saint jour ton frère qui t'aime et qui t'envoie mille baisers.

Eugène.

HENRIETTE A EUGÈNE.

Bien cher frère,

Ta lettre m'a causé un très-grand plaisir; quoique je n'aie pu y répondre plus tôt, sois assuré que mon cœur partage bien vivement l'affection que tu m'exprimes. Mon souhait le plus cher est que tu sois heureux. Tu sais comme moi que la source du vrai bonheur est en Dieu.

Je pense souvent, mon frère bien-aimé, que dans peu de temps tu vas t'approcher pour la première fois de la Table sainte. J'espère que tu ne t'y décides que parce que tu as goûté combien le Seigneur est bon, et que ton plus grand désir est de te consacrer entièrement au service de Jésus qui t'a racheté. Tu veux, n'est-ce pas, montrer par ta vie entière que tu es un enfant de Dieu, prêt à le glorifier dans ton corps et dans ton esprit qui lui appartiennent. Quoique nous soyons éloignés

l'un de l'autre, nous aurons, ce jour-là, le bonheur de nous unir tout particulièrement par la
prière et la communion. Prie pour moi, mon cher
frère, afin que notre bon Dieu bénisse mes études
et qu'Il m'accorde aussi son secours et sa grâce.
Oh! combien je serais heureuse de te voir et de
recevoir tes conseils! Je veux travailler avec ardeur afin de hâter, s'il est possible, notre réunion.
En attendant, cher frère, écris-moi souvent; tes
lettres me feront paraître le temps moins long. Reçois les tendres baisers de

Ta sœur affectionnée.

EUGÈNE A HENRIETTE.

Non, ma chère sœur, ce n'est pas la paresse qui
cause mon silence, ainsi que tu sembles le suppo-
ser, mais si tu savais ce que c'est que Paris, ce que
c'est que ce tourbillon d'affaires et de plaisirs qui
à toute heure vous entraîne, vous arrache à vos
plus chères occupations, et qui ne vous laisse ni
trêve, ni repos, tu comprendrais ma position et tu
ne t'étonnerais plus que tes lettres restent long-

temps sans réponse. Pourrais-je, [d'ailleurs, remettre sans cesse à un autre jour, comme un travail fatigant, le moment de t'écrire ? N'est-ce pas
au contraire un délassement pour moi ? Car t'é-
crire, chère petite sœur, c'est causer avec toi, c'est
te dire que je t'aime, c'est presque te voir enfin...
et te revoir, n'est-ce pas le rêve le plus doux de ma
vie, n'est-ce pas le souhait le plus ardent de mon
cœur ? Va, ne m'accuse pas d'indifférence, et sois
bien sûre que je souffre autant que toi de ne pas
t'entretenir plus souvent.

Tu sembles regarder comme impossible à réali-
ser le projet dont je t'ai parlé dernièrement, celui
de te faire venir à Paris pour passer les vacances
auprès de nous. Rien pourtant n'est plus facile.
Notre mère adoptive le désire vivement aussi et, si
Mme Dupuy veut bien t'accorder un mois ou
deux de congé, je ne sais ce qui pourrait s'opposer
à notre réunion. Vois donc, ma chère Henriette,
si cela est possible. Le temps des vacances approche, et juge quel bonheur ce serait pour nous de
nous revoir enfin, après tant d'années de séparation. D'ailleurs, notre mère, qui va joindre quelques lignes à ma lettre, t'expliquera sans doute ce
qu'elle compte faire. Pour ta part, ma chère sœur,

je suis sûr que, comme moi, tu hâtes de tes vœux cet heureux instant. Réponds-moi donc bien vite. Je t'embrasse mille fois.

MADAME V... A HENRIETTE.

Paris, le 3 mars 1847.

Oui, ma chère enfant, je désire vivement que tu viennes nous voir pendant les vacances prochaines, si Mme Dupuy y consent, et si elle peut te confier à la mère d'une de tes compagnes. Dis-moi si je dois encore attendre quelques mois avant de lui faire notre demande. Tu pourrais lui en parler; nous saurions à quoi nous en tenir, et nous agirions en conséquence.

En attendant, je désire que tu commences l'étude du piano. Pendant que tu seras à Paris, je te donnerai un maître, et comme tu auras plus de temps, tu en profiteras pour faire des progrès. D'ailleurs, ton frère, quoique très-paresseux en musique, pourra te donner aussi des leçons; cependant, n'y compte pas trop; il prétend qu'il ne

3.

l'aime en aucune manière, tout en l'apprenant avec la plus grande facilité.

Je pense que ta santé s'est fortifiée et que tu es d'une taille raisonnable. Eugène, tout malingre et chétif qu'il était, n'a pas laissé que de devenir grand.

Je voudrais bien savoir quelle est votre mise habituelle; avez-vous un costume uniforme? Ce n'est point la curiosité qui me fait te demander cela; je m'informe simplement pour savoir à l'avance ce que je dois acheter et préparer pour le moment où tu viendras auprès de nous.

Adieu, ma chère enfant. Ton frère et moi, nous nous occupons sans cesse de toi, et nous sommes heureux de penser que tu marches dans la voie de Dieu.

Je t'embrasse de cœur en attendant le plaisir de te voir.

Mme Dupuy, consultée sur ce que j'avais à répondre à ces deux lettres, hésita longtemps. Enfin, le 22 avril, elle me dicta elle-même la première partie de ce qui suit :

HENRIETTE A EUGÈNE.

Bien cher frère,

Je ne suis point dans un tourbillon d'affaires et de plaisirs qui puisse me dérober à mes plus douces et à mes plus chères occupations ; aussi je pourrais t'écrire chaque jour, si tu avais besoin de cela pour te prouver ma tendre affection. Cependant, il y a longtemps que je ne t'ai écrit ; mais c'est que ce n'est pas une petite chose qu'une invitation à entreprendre un long voyage ; à réfléchir sur l'extrême bonté de Mme V. qui veut bien m'engager à aller la voir. Tout cela est grave et sérieux quand on n'a que seize ans, qu'on n'a pas encore son diplôme, qu'on est près d'une amie qui craint pour moi les distractions d'un voyage trop précoce. C'est te dire que Mme Dupuy aurait besoin d'être convaincue de l'utilité et de la nécessité de ce voyage pour y donner pleinement les mains. Elle a toujours désiré que ses élèves ne quittent l'étatablissement qu'après avoir obtenu leur diplôme ; cependant, si elle pouvait être assurée que mon absence ne se prolongera pas au delà des deux

mois de vacances, et que je pourrai trouver près
de toi et de Mme V. des encouragements à travailler de nouveau avec plus d'ardeur à mon retour;
je pense que, sur une invitation directe de Mme V.,
ma chère maîtresse n'hésiterait pas à me confier à
elle, persuadée que j'aurai beaucoup de plaisir à
faire la connaissance particulière d'une personne
qui t'a servi de mère. Ainsi, prends courage,
peut-être tu verras ta petite sœur aux vacances...

Mais, à propos, je ne suis pas si petite sœur que
cela, car j'ai 1 mètre 57 de hauteur; ma santé est
bonne et mes joues sont rondes et fraîches. Il n'y
a pas d'uniforme dans la pension; chaque élève
est mise selon le goût de ses parents. Dans la maison, je suis toujours nu-tête; je porte une robe
très-simple, et lorsque je sors, je mets un chapeau
et un manteau. Voilà pour l'aspect... Que ne puis-
je aussi bien te faire connaître mes défauts! Si Dieu
permet que nous nous voyions, je compte sur ton
amitié pour m'aider à m'en corriger. Et d'abord,
je suis sermonneuse! Gare, mon frère, si tu es
léger... Cependant, je dois te respecter comme mon
maître de musique, car Mme V. a la bonté de me
dire que tu me donneras des leçons. J'espère que

tu trouveras en moi une élève docile ; ce qu'il y a de sûr, c'est que j'étudierai avec application et persévérance, afin de faire quelques progrès sous ta direction.

As-tu reçu un petit paquet que je t'ai envoyé par occasion ? Il contenait une bourse que j'ai tricotée pour toi et une lettre.

Adieu, mon bien-aimé frère. Oh ! combien la pensée de te revoir bientôt me rend heureuse ! Encore quatre mois, et nous serons enfin réunis ! Salue de ma part notre chère maman. Je t'embrasse de tout mon cœur avec l'espérance de le faire bientôt en réalité.

EUGÈNE A HENRIETTE.

Chère sœur,

Je reçois presque en même temps tes deux lettres, et aussi le mystérieux petit paquet. Quelle charmante surprise tu me fais là, et combien je vais la chérir, cette jolie bourse qui me vient de ma sœur aimée ! Par exemple, je ne puis te promettre de m'en servir beaucoup, et je crains bien

que ta protégée ne grossisse pas entre mes mains,
à moins que ce ne soit de gros sous. Enfin, telle
qu'elle est, je la reçois avec ravissement, et je voudrais bien te tenir, ma grande sœur, pour te rendre en baisers la monnaie du plaisir qu'elle m'a
causé.

Je dis *ma grande sœur*, car je vois que je m'étais
entièrement trompé dans l'idée que je me faisais
de toi. La dernière fois que je te vis, et de cela,
hélas! il y a bien longtemps, tu étais, si j'ai bonne
mémoire, une brune petite fille de quatre ans,
vive, leste, pétillante d'esprit et de malice, et se
moquant le plus joliment du monde de son frère,
lequel, par parenthèse, était un assez maussade
petit garçon, toujours la larme à l'œil, et l'air mé-
lancolique. Comment veux-tu que je me représente une grande demoiselle de seize ans, sage,
grave et sermonneuse? Car tu es sermonneuse, me
dis-tu, et cela tombe à merveille; je vois bien que
les rôles sont changés et que j'aurai besoin de tes
conseils. Le grave petit garçon d'autrefois s'est méta-
morphosé en un grand étourdi de dix-neuf ans, bien
plus disposé à rire qu'à pleurer. Au fait, puisque tu
m'as si bien fait ton portrait au physique comme
au moral, je veux à mon tour dépeindre ma per-

sonne à tes yeux... Mais non, j'aime mieux que
tu me dises auparavant quelle idée tu te fais de
moi, si tu me crois grand ou petit, blond ou brun;
gai ou sérieux. Écris-moi tout cela, mais ne me fais
pas trop beau, car, à ton arrivée, je serais forcé de
ressembler à ton idéal ou de perdre un peu dans
ton appréciation.

Je trouve dans ta lettre, chère sœur, un passage
qui m'embarrasse un peu; tu me dis que Mme Dupuy aurait besoin d'être convaincue de l'utilité et
de la nécessité de ton voyage pour y donner pleinement la main. Je comprends parfaitement les
craintes de cette excellente dame, et l'affection
qu'elle te porte m'inspire le désir de pouvoir la remercier de toutes ses bontés pour toi. Cependant,
démontrer que ce voyage sera utile et nécessaire
me serait difficile, et je ne puis qu'alléguer ma
tendresse pour toi, mon désir ardent de te revoir
et de t'embrasser après une si longue séparation.
Enfin, la lettre que notre mère joint à celle-ci et
qu'elle adresse à Mme Dupuy déterminera, je l'espère, cette dame à te confier à nous. S'il est vrai,
chère Henriette, que l'âme puisse se retremper,
pour ainsi dire, dans une affection douce et pure,
s'il est vrai que la vue d'une personne chérie ins-

pire des pensées sages et bonnes, cette entrevue,
sois-en sûre, nous sera salutaire à tous les deux ;
elle te rendra plus ferme et plus sûre de toi dans
la voie que tu t'es imposée, et moi, elle m'aidera
à ne fixer les yeux que sur les lois de l'honneur et
de la probité. Voilà, chère sœur, quelle est à mon
sens l'utilité de ton voyage.

Adieu, ma bonne Henriette, encore quelques
mois et nous touchons au but de nos vœux les plus
chers. Quelle ardeur au travail cette idée ne doit-
elle pas nous inspirer, et qu'est-ce qu'un peu de
peine au prix d'une si douce récompense !

VI.

CHANGEMENT D'EXISTENCE.

Nous sommes au 15 août 1847. Ma malle est prête; pour la première fois depuis douze ans, je vais quitter mes bonnes maîtresses, mes compagnes aimées, l'asile heureux où s'est écoulée mon enfance.

Mme Dupuy, après m'avoir fait maintes recommandations, après m'avoir donné tous les conseils que lui dictaient son affection pour moi et sa longue expérience chrétienne, m'a dit adieu pour retourner à l'Enclos avant l'heure de mon départ. Mlle Clémentine, me voyant toute tremblante, a voulu avoir encore un entretien particulier avec moi; elle m'a rappelé que mon Père céleste ne me quitte pas, qu'Il est puissant et fidèle pour me garder contre les tentations qui m'attendent peut-

être : « Quand tu passeras par les eaux, elles ne te
« noieront point; et quand tu passeras par le feu,
« tu n'en seras point brûlé. Confie-toi de tout ton
« cœur à l'Éternel, et demeure ferme; il fortifiera
« ton cœur! » Telles sont les promesses du Seigneur que ma chère maîtresse m'a lues avant de
prier avec moi. Que de fois, dans la suite, elles me
sont revenues à l'esprit! Que de fois elles ont
relevé mon courage, apaisé mes craintes, adouci
mes soucis !

Après elle, chacune de mes amies préférées m'a
dit son mot à part pour me féliciter et me conso-
ler, car, à cette heure, mon bonheur ressemble fort
au chagrin.

Je ne dois partir qu'à la nuit, mes préparatifs
sont terminés ; j'erre comme une âme en peine
dans cette grande maison qui, jusqu'ici, a été la
mienne, au milieu de mes nombreuses sœurs qu'il
faut quitter « pour toujours, » me dit une voix se-
crète. Plusieurs d'entre elles me sont très-chères ;
c'est un vrai deuil que de m'en séparer, une souffrance que d'entendre leurs affectueuses paroles.
D'ailleurs, l'air est lourd, orageux; le tonnerre
gronde dans le lointain. Serait-ce un présage de ce
qui m'attend dans cet avenir inconnu où je vais

entrer? Pour me distraire de ces tristes pensées,
mes compagnes me font asseoir au milieu d'elles ;
elles entonnent en chœur les beaux cantiques que
nous avons si souvent chantés ensemble. Alors
mes larmes coulent en abondance et, peu à peu, le
calme renaît dans mon cœur agité.

L'heure est arrivée. Il fait nuit ; j'ai reçu de
mes plus intimes amies, avec les baisers d'adieu,
trois ou quatre lettres, destinées à me distraire le
long de la route. Me voilà seule dans le coupé de
la diligence, qui fait le trajet de Sainte-Foy à
Bordeaux.

L'orage s'était dissipé ; la nuit était calme et
belle, les étoiles brillaient au ciel. Alors, il m'arriva ce que j'ai ressenti depuis à chaque étape
de mon existence : mes souvenirs se réveillèrent
avec une vivacité extrême ; toute ma vie de pensionnaire se retraça nettement à mon esprit, jusqu'à ce que pensées, sensations, regrets et es-
pérances, tout se fondît en un hymne d'adoration
et d'actions de grâces pour mon Père céleste, qui
avait daigné me bénir si merveilleusement jusqu'à ce jour. Je sentis que, quoi qu'il arrivât, rien
ne pourrait désormais me ravir à son amour, puisque, par les mérites de mon bien-aimé Sauveur et

par les dons du Saint-Esprit, j'avais reçu le sceau de mon adoption. Mes pensées se portèrent ensuite sur mon heureuse et si prochaine réunion avec mon frère. Je dormais profondément, lorsque, au matin, la diligence s'arrêta à Bordeaux.

C'est à partir de ce moment qu'une existence nouvelle commença pour moi. Jusque-là, renfermée dans les murs de la pension, je n'avais connu du monde extérieur que les jolies campagnes de l'Enclos et de la Nougarède, et mon horizon ne s'était pas étendu au delà des riants coteaux qui bordent la Dordogne. Grâce à mes livres, je savais qu'il y avait ailleurs de riches vallées, des montagnes, des fleuves, des mers et des villes habitées ; mais, à mesure que ces choses se déroulèrent devant mes yeux, j'éprouvai un ravissement indescriptible.

Je fus reçue à Bordeaux par un respectable négociant qui, faisant chaque année un voyage à Paris pour son commerce, avait plus d'une fois consenti à servir de père aux jeunes pensionnaires pour les ramener à leurs parents. Sa femme m'accueillit avec une extrême cordialité ; elle m'installa dans une chambre au deuxième étage, où je m'occupai très-agréablement à suivre du regard,

par la fenêtre, l'interminable défilé des passants.
Je songeais, en les voyant, aux fourmilières que
j'avais si souvent observées avec curiosité et intérêt; je me demandais si ces gens poursuivaient,
dans leurs courses, un but d'utilité générale comme
le font d'ordinaire mes laborieuses petites amies
les fourmis. — Sur ces entrefaites, une personne
vint me chercher de la part d'une sœur de Mme Dupuy, qui demeurait à peu de distance de la ville;
je passai auprès d'elle le reste de la journée, et
j'eus le plaisir d'y voir une de ses nièces, avec
laquelle j'avais joué souvent à Sainte-Foy, dans
ma première enfance.

En traversant Bordeaux, tout m'étonnait et
m'amusait. Quel ne fut pas mon enchantement
lorsque j'aperçus la rade et ses nombreux navires,
et leurs mâts pavoisés de drapeaux aux couleurs
de diverses nations !

La journée du lendemain s'annonça radieuse;
je m'installai avec mon compagnon de route sur
le pont du bateau à vapeur qui devait nous conduire à Blaye, tantôt m'entretenant avec lui des
beautés du rivage dont nous suivions le gracieux
contour, tantôt élevant mon cœur vers le Seigneur
pour le bénir de ses dons, le prier de me guider

et de me préserver du mal dans cette vie nouvelle
qui s'ouvrait devant moi.

J'ai conservé des notes écrites au crayon pendant mon voyage ; elles viennent en aide à mes
souvenirs et font revivre des impressions qui se
seraient effacées ; j'y retrouve le nom de plusieurs
villes où nous fîmes halte et qui, longtemps après,
dans des circonstances différentes, me sont deve-
nues familières : Royan, Saintes, Saint-Jean-d'An-
gely. Nous avions repris à Blaye la diligence jusqu'à Tours, par une chaleur torride. Aussi, quel
soulagement d'entrer en wagon, d'y étendre nos
membres endoloris, et de nous sentir transportés
avec rapidité vers le but ! Au bout de plusieurs
heures, les dormeurs se réveillent l'un après l'autre. On approche. De longues files de réverbères,
semblables à une double rangée d'étoiles, brillent
de chaque côté de la Seine. Mon cœur bat à se
rompre ; nous sommes à Paris ! Il faut descendre !
On se presse, on se bouscule pour entrer dans la
salle des bagages, où chacun reconnaît les siens,
les fait visiter, puis porter en voiture. L'aube
blanchit, il luit enfin le jour tant désiré ! !

Quelques minutes plus tard, j'étais dans les
b ras de mon frère, heureuse et fière de le trouver

tel que j'aimais à me le figurer. Lui aussi m'attendait avec impatience, et, dans notre extase mutuelle, nous ne pouvions nous lasser de nous répéter l'un à l'autre combien nous étions heureux d'être enfin réunis. Notre mère adoptive me reçut avec beaucoup d'amitié, mais je me sentis intimidée par sa vivacité méridionale et sa voix brève. Elle avait eu la bonté de me faire préparer un bain pour me délasser de la fatigue du voyage ; après un déjeuner réconfortant, elle m'obligea à me coucher et je m'endormis profondément.

VII.

UNE FAMILLE RETROUVÉE.

Ma première journée à Paris me réservait une douce et joyeuse surprise, un nouveau bonheur tout à fait inattendu.

Je dormais encore à deux heures de l'après-midi lorsque Louise, la vieille bonne de Mᵐᵉ V., vint frapper à la porte de ma chambre : « Levez-vous vite, mademoiselle, me dit-elle, vos tantes sont venues vous voir ; elles vous prient de ne pas tarder à les rejoindre. »

— Mes tantes ! Est-ce un rêve ?

Docilement et promptement, je m'habille, on m'introduit au salon où se trouvent, avec ma mère adoptive, deux dames de trente-cinq à quarante ans. Elles m'embrassent tendrement, les yeux pleins de larmes, m'appelant « leur chère petite Henriette ».

Toutes deux sont grandes ; elles ont d'aimables
physionomies ; leurs voix douces, leurs paroles
caressantes me vont au cœur pendant qu'elles
m'entretiennent de leur sœur, ma mère bien-aimée, dont la mort nous avait si jeunes laissés orphelins, mon frère et moi.

L'une d'elles demeurait en Hollande, où elle
retournait le soir même ; elle avait voulu me voir
avant son départ. C'était ma tante Emilie, mariée
à un négociant de Rotterdam. Tante Joséphine
habitait Paris avec son mari, peintre de quelque
talent, et leur petite fille, alors âgée de quatre ans ;
avec elle vivait aussi sa mère, *ma grand'mère !*
dont le plus jeune fils était professeur dans un établissement protestant de Paris.

Me voilà, en un seul jour, riche de toute une famille
dont j'avais jusqu'alors ignoré l'existence ! Comment cela se faisait-il ? Il n'y avait pourtant là nul
mystère, mais seulement des malheurs ! Après la
révolution de 1830, mon grand-père, riche négociant dans une ville du nord, était mort subite-
tement. Sa veuve, qui était hollandaise, à peine ac-
coutumée aux mœurs et au langage de la France,
glissa rapidement de l'aisance dans la gêne. De
toute sa nombreuse famille, ma mère seule, qui

4

était l'aînée, était mariée à cette époque. Les années que je venais de passer en pension avaient été
pleines de difficultés et d'épreuves pour ma chère
grand'maman. Mais sa position s'était améliorée,
et je la trouvai, à mon arrivée à Paris, conforta-
ment installée chez sa fille, dans un joli appartement de la rue des Martyrs, non loin de l'atelier
de peinture de mon oncle.

Longtemps, à la pension, j'avais parlé de ma
grand'mère, de mes tantes, de ma famille ; aucune lettre n'ayant confirmé mon dire, on croyait
que mes souvenirs me trompaient, et j'avais fini
par n'y plus penser. De son côté, mon frère, élevé
par une personne étrangère, voyait très-peu la famille de ma mère et n'avait pas songé à m'en parler dans ses lettres. Mes tantes et ma grand'mère
me savaient heureuse en pension pendant qu'elles
mêmes luttaient contre les dures nécessités de la
vie ; tous ces motifs réunis m'avaient privée des
bons conseils et des témoignages affectueux de mes
proches parents, qui cependant m'aimaient et s'in-
téressaient à mon bonheur.

Ce soir-là, sans m'arrêter à analyser ces choses,
je jouissais immensément. Quelques mots échan-
gés à demi-voix me firent comprendre que la fa-

mille de ma mère était sincèrement chrétienne. Nous étions, vous vous le rappelez, au mois d'août, et l'on nous reçut au jardin, où des rafraîchissements avaient été préparés pour nous. En réalité, c'était un tout petit jardinet ; assis en cercle et très-rapprochés les uns des autres, nous le remplissions presque entièrement ; mais chaque locataire de la maison en avait un semblable, et tous avaient en outre la jouissance d'un petit bois ombreux et frais, qui donnait un air de campagne à cet enclos.

Peu à peu les étoiles s'allumèrent au firmament : « Vois-tu, semblaient-elles me dire, nous savons combien tu es heureuse en ce moment, nous prenons part à ton bonheur ! » Mon cœur était plein de joie, en effet, près de mon frère dont je pressais la main, près de ces amis qui me faisaient fête. Je le sentais, les parents que j'avais retrouvés m'aideraient de leurs conseils, de leurs prières dans les difficultés de ma nouvelle position, et j'en bénissais mon Père céleste.

Il fut convenu, dès ce soir mémorable, que chaque dimanche, quelqu'un de la famille viendrait me prendre pour me conduire au temple, ma mère adoptive étant catholique, et mon frère souvent à son bureau pendant la matinée du dimanche.

VIII.

Nous habitions à Paris un grand appartement au troisième étage : la chambre de maman et le salon donnaient sur la rue ; le soir notre passe-temps favori était de nous accouder aux fenêtres. La chambre de mon frère avait vue sur des jardins, tandis que la salle à manger avait pour vis-à-vis dans le lointain le Panthéon, l'Hôtel des Invalides et tout un amas de maisons et d'églises. Ma chambrette donnait sur une cour sombre ; mais j'y étais seule avec ma Bible, cette précieuse compagne de mon enfance, qui devait être, pendant ma vie entière, le guide assuré de mes pas, ma conseillère et ma consolatrice.

Un des premiers soins de ma mère adoptive fut de remplacer mon costume de pensionnaire par

une toilette simple et à la mode. Nous visitâmes
ensemble, à cet effet, plusieurs grands magasins.
Tout y était amusant, nouveau, curieux pour
moi. Maman entrait partout comme chez elle, me
conduisait au comptoir des soieries, où j'admirais
les tissus de Lyon, si élégants, si frais, et à celui des
mousselines, des gazes, des étoffes de fantaisie ;
nous montions à la galerie des tapis, à celle des
châles ; après avoir tout admiré et marchandé
quelques objets ici et là, nous choisissions ceux dont
nous avions besoin ; puis, nous poursuivions nôtre promenade le long des boulevards, flânant un
peu, bavardant beaucoup et nous plaisant de plus
en plus ensemble. Souvent nous allions au Jardin
des Tuileries, dont les beaux ombrages nous atti-
raient et où j'aimais à voir folâtrer les enfants.
L'extérieur du palais ne répondait guère à l'idée
que je m'étais faite de la demeure d'un roi de
France ; mais lorsque j'eus visité le musée du
Louvre et celui de Cluny, j'eus une idée plus
nette de ce qui enrichit et décore les appartements princiers : dorures, sculptures, bronzes,
émaux, mosaïques, cristaux, tableaux de grands
maîtres, riches tapisseries, meubles précieux, etc.
Que de travail, que d'intelligence tout cela repre-

4.

sente, et comme dans l'ouvrage des hommes on peut admirer l'œuvre de Dieu !

Ma mère adoptive se plaisait à me montrer toutes ces choses en détail, à m'en faire remarquer les beautés ; elle jouissait de mon plaisir et me faisait consciencieusement les honneurs de Paris. D'abord un peu étourdie par la foule qui circulait dans les rues et par le bruit assourdissant des voitures, je finis par faire à pied de longues courses ; lorsque nous étions fatiguées nous montions en omnibus. Nous visitâmes tour à tour la place de la Concorde, les Champs-Élysées, le Palais-Royal, le Jardin et le musée du Luxembourg, celui du Louvre, l'Hôtel des Invalides, la Bibliothèque, le Jardin des Plantes, le musée d'Histoire naturelle, etc. Enfin nous entrâmes dans toutes les églises qui se trouvaient sur notre passage. C'était comme un livre féerique dont je tournais un feuillet, chaque jour.

Combien j'aimais à parcourir ainsi ce grand et beau Paris, centre des lumières, des arts, des sciences ! Paris ! on l'aime avec passion ; et lorsqu'il faut le quitter après y avoir longtemps vécu, on le regrette, on le pleure et son nom évoque de magiques souvenirs.

Au milieu de toutes ces belles choses, vous dirai-je ce qui me ravissait surtout? C'étaient, le long des boulevards, aux abords de la Madeleine et sous les arcades de la rue de Rivoli, les étalages de fleurs naturelles si fraîches et arrangées avec tant de goût. Comment s'y prennent les jardiniers parisiens pour faire fleurir ainsi, en toute saison, avec tant d'abondance, les plantes qu'ils cultivent? Ils excellent dans leur art; se rendent-ils compte du bien qu'ils font par ce moyen, du bonheur qu'ils procurent aux passants? Lorsque, pendant une ou deux heures, on a traversé cette vague aux ondulations infinies d'êtres humains dont les visages vous sont tous étrangers, dont aucun n'a pour vous un sourire de connaissance ou un regard d'amitié, quel charme de se trouver tout à coup devant une oasis de fleurs! C'est la violette au doux parfum, et la bruyère aux nuances si délicates, qui me transportent en un clin d'œil près de mes compagnes, dans les bois où nous folâtrions ensemble. C'est la rose aux pétales veloutés, aux senteurs exquises, aux teintes dorées, comme celles qui embaumaient la terrasse de mon cher Enclos! Et ces plantes exotiques, qu'elles sont majestueuses, étonnantes ou gracieuses! Quelle variété dans les œuvres de mon Père céleste ; chères fleurs, vous me faites penser à Lui, à Lui qu'ici je risquais d'oublier...

Le soir, rentrée à la maison après nos promenades, je guettais l'arrivée de mon frère. Lorsque son pas se faisait entendre sur l'escalier, je courais ouvrir la porte et me suspendre à son cou. Pauvre prisonnier dans un bureau, il avait écrit, calculé toute la journée ! Il fallait bien le distraire par le récit de nos aventures. Jaco, le vieux perroquet gris, accueillait aussi son maître par des cris joyeux et des mots d'amitié ; puis, à l'appel de la fidèle Louise, nous passions tous à la salle à manger, maman et Jaco ouvrant la marche, mon frère et moi portant l'un le perchoir de l'oiseau, l'autre la lampe. Le repas était animé ; on causait, on riait ; je trouvais les mets plus délicats que ceux de la pension, auxquels je comptais me réhabituer bien vite après la rentrée. Maman riait sans rien répondre, mon frère aussi. Les vacances passaient rapidement, mais personne ne parlait du retour à Sainte-Foy.

Après le dîner, Eugène se mettait au piano ; il avait pour la musique un goût naturel, et quoiqu'il ne l'eût étudiée que fort peu, son jeu était brillant entraînant. Notre mère adoptive, toujours jeune, malgré ses cinquante ans, m'invitait à danser « pour apprendre »; et nous voilà lancées dans la polka, la schottish, la mazurka alors à la mode. Puis, si le temps était beau, mon frère me proposait une course sur les boulevards. Quel plaisir ! Voir les splendides devantures des magasins d'orfévrerie, de bijouterie et d'objets d'art ! S'arrêter devant les expositions de gravures, devant les librairies, le soir, à la lueur de milliers de becs de gaz, et avec lui !...

On rentrait. A Paris, les veillées se prolongent; le jour appartient au travail productif, la nuit au plaisir. Mon frère avait des camarades; il nous quittait pour aller avec eux. Parfois cependant il me donnait la soirée entière, tandis que maman rejoignait, à l'appartement du second étage, de bons amis avec lesquels elle aimait à faire sa partie de whist.

Quelle fête alors ! En octobre, les soirées deviennent fraîches; on faisait un peu de feu, on causait entre deux tasses de thé, et l'on veillait tard en lisant.

Mon frère prenait ses auteurs favoris, prosateurs ou poëtes, Victor Hugo surtout, un peu ici, un

peu là ; certaines pages de Théophile Gautier où,
d'un trait, il dépeint comme en un tableau un paysage, un coucher de soleil. Il me lisait aussi ses
propres poésies que je m'empressais de copier.
Ainsi donnée et par un tel maître, la leçon de littérature avait de l'attrait et développait en moi le
sentiment du beau.

Nous entreprîmes ensemble une étude charmante et qu'on ne peut faire ainsi qu'à Paris :
celle des différentes écoles de peinture. Après avoir
cherché dans les volumes que nous avions sous la
main les biographies des peintres célèbres et la liste
de leurs tableaux, nous les classions et en faisions
l'analyse ; puis, l'après-midi du dimanche, lorsque
mon frère était libre, nous allions au musée du
Louvre continuer notre étude en comparant les tableaux les uns aux autres et en nous arrêtant devant ceux dont la beauté nous frappait. Plus tard
enfin, car ici j'anticipe, nous suivîmes ensemble,
le soir, des cours fort intéressants d'histoire naturelle.

J'anticipe, ai-je dit ; en effet, tout cela ne s'est
point passé pendant les deux mois de vacances ;
c'est le résumé de mes chères soirées d'intimité,
pendant mon séjour de six années à Paris, heures

si douces mais trop rares, parce que l'attrait du plaisir devenait toujours plus irrésistible pour mon aimable compagnon, qui était parisien dans l'âme,
artiste, poëte et, de plus, entièrement libre de ses
actions.

IX.

VOYAGE EN NORMANDIE.

Je l'ai déjà dit, sans m'en apercevoir, après les vacancés, je ne retournai plus à ma chère pension. Vers le milieu d'octobre, je me rendis en Normandie pour répondre à la gracieuse invitation de M. et de Mme W., mon tuteur et ma marraine qui désiraient me voir. J'étais recommandée pour ce voyage aux bons soins d'un monsieur de Rouen que maman connaissait. Je prends la liberté de transcrire ici, par ordre de dates, les lettres de ma bonne maîtresse et ma correspondance avec maman et mon frère pendant cette absence.

MADAME DUPUY A HENRIETTE.

Sainte-Foy, le 4 septembre 1847.

Ma bien chère enfant,

J'ai reçu vos deux lettres avec grand plaisir. Je bénis le Seigneur de ce qu'Il vous a conduite pendant votre voyage sans aucun accident. Qu'il daigne, dans sa bonté, vous tenir toujours sous sa garde! Je partage la joie que vous avez éprouvée en retrouvant une famille à Paris, mais j'espère que cette circonstance ne change rien au projet de vous renvoyer après les vacances. C'est ici, je pense, ma chère Henriette, que vous finirez vos études, que vous prendrez votre diplôme ; vous ne doutez pas que ce ne soit dans votre intérêt que je le désire. Veillez et priez afin que les tentations ne viennent pas assaillir votre pauvre cœur, et qu'en conservant la liberté des enfants de Dieu, vous désiriez, par-dessus tout, travailler à l'avancement de son règne. Puisse ce Roi de gloire vous éclairer lui-même sur tout ce que vous devez faire !

Je me réjouis de ce que vous rencontrez des personnes chrétiennes dans celles qui vous sont alliées.

5

Que Dieu veuille répandre sur vous et sur elles ses plus précieuses bénédictions. Je laisse à vos amies le soin de vous raconter les événements de notre école.

Adieu, ma bonne enfant; écrivez-moi aussi souvent que vous le pourrez; vos lettres me font le plus grand plaisir. Dites bien des choses amicales pour moi à votre frère; je l'engage à vous faire travailler dans vos moments de loisir; cela ne saurait nuire aux épanchements de votre amitié réciproque. Mes salutations à Mme V. et à toutes les personnes qui vous témoignent de la bienveillance. Comptez toujours, ma très-chère enfant, sur l'affection de

Votre amie et sœur en Christ,

Ve E. DUPUY, née Dupuy.

HENRIETTE A MADAME V...

Saint-L., 16 octobre 1847.

Chère maman,

Me voici arrivée sans accident au bout de mon voyage. Les quatre heures que j'ai passées en wagon m'ont paru interminables. Figurez-vous, chère maman, que je m'y trouvais en compagnie de sept messieurs qui n'ont pas cessé un instant de parler politique. Je me disais parfois avec un gros soupir : Avec quel plaisir je céderais ma place à maman ! Elle, au moins, serait à son aise ici, elle suivrait avec intérêt une conversation qui l'amuse toujours !

Et puis, mon cœur se gonflait à la pensée que je vous avais quittée, chère maman, ainsi que mon bien-aimé frère. Si j'avais osé, j'aurais presque pleuré.

Enfin, me voici arrivée. J'ai été accueillie avec beaucoup de bienveillance par tous les membres de la famille, et je suis sûre que je me plairai vite ici. La maison est, comme vous me l'aviez dit, grande, belle, bien située. Je n'ai pas encore vu le jardin.

Mlle W., plus jeune que moi, est fort gentille; elle m'assure que nous serons deux amies; c'est vraiment bien aimable de sa part.

Cependant, chère maman, rien ne me fera oublier le bonheur d'être près de vous et de mon frère. Chaque soir, je me transporterai en esprit à Paris, pour vous voler à chacun deux gros baisers. Bonne nuit, chère maman, cher frère. Reposez en paix, sous la protection de Celui qui ne dort pas, et pensez quelquefois, dans votre sommeil comme dans vos veilles,

A votre petite

HENRIETTE.

HENRIETTE A EUGÈNE.

23 octobre 1847.

Toujours paresseux, mon cher frère, ou plutôt toujours trop sérieusement occupé pour écrire deux lignes à ta pauvre petite sœur ! Je suis portée à croire que tous les commis de la banque Marcuard et Cie ont eu leur congé, et que M. Eugène B. doit faire à lui seul leur besogne entière. Il était pourtant convenu que tu me donnerais souvent de tes nouvelles ; mais il faut m'y résigner : les garçons sont si froids, si différents des jeunes filles ! Quoi que vous en disiez, petit moqueur, aucune de mes amies n'agirait comme vous.

Cependant, tu le vois, je n'ai point de rancune, et je vais te raconter comment se passent mes journées : Je me lève avant sept heures, afin d'avoir le temps de faire une traduction et quelque lecture intéressante avant le culte de famille, qui a lieu à neuf heures. Il se fait en anglais, très-distinctement, de sorte qu'avec beaucoup d'attention je parviens à le suivre. Après déjeuner, nous avons une récréation, pendant laquelle nous dansons bel et bien la polka, Mlle W. et moi, nous jouons aux volants, ou nous faisons un tour au jardin.

A onze heures, Miss C., la sœur de Mme W., me corrige ma traduction et me fait lire de l'anglais. J'étudie ensuite le piano pendant une heure, sous la direction de Mme W., qui est une excellente musicienne, et si bonne, si douce qu'on ne peut faire autrement que de l'aimer. L'après-midi, elle nous fait souvent la lecture de l'Histoire des Girondins de Lamartine, pendant que sa fille dessine et que j'essaye d'en faire autant.

Nous goûtons à une heure ; après quoi, lorsque le temps est beau, nous nous promenons dans la campagne. La maison est assise sur une colline assez élevée, entourée d'un jardin et d'un petit bois. La vue s'étend, d'un côté, sur le délicieux village de Saint-L., calme et paisible, au bas de vertes et hautes collines ; l'église est isolée, au milieu du cimetière ; nous aimons à diriger nos pas de ce côté.

Plus près de nous est situé D., ville de fabriques, aux longues cheminées, aux tourbillons de fumée. De noirs ruisseaux circulent dans les rues ; une étrange odeur de teinture s'en échappe. La population est différente de celle des autres villes ; les hommes, les femmes et même les enfants ont un air vieilli et fatigué, qui fait peine à voir. Les femmes âgées ont pour coiffure ordinaire un bonnet d'homme, en coton tricoté, qui ne contribue pas à les embellir. Les fabriques marchent nuit et jour. Comme ces pauvres gens travaillent ! En regardant D., nous sommes mélancoliques, et nous pensons qu'il y a là bien des soucis et des misères.

Dans le lointain, on aperçoit les flèches élancées de Saint-Ouen, sculptées comme une fine dentelle, et le clocher en fonte de la cathédrale ; puis *la tour de beurre* de la même église, ainsi nommée parce qu'elle a été bâtie avec l'argent des dispenses payées pour manger du beurre en carême. N'est-ce pas délicieux d'avoir d'ici une vue si étendue et si variée ?

J'ai grand peur que mes descriptions n'amènent

sous ta fine moustache certain sourire moqueur à moi connu. Riez de moi, petit frère, on vous le permet, pourvu que vous ne soyez plus paresseux pour écrire à

Ta sœur qui t'aime,

HENRIETTE.

EUGÈNE A HENRIETTE.

25 octobre 1847.

Je vois avec plaisir, chère sœur, que ton séjour à Paris t'a profité, car, tout en me reprochant ma moquerie, tu ne t'aperçois pas que ton esprit en possède aussi un bonne dose. Non, mademoiselle, ce n'est pas la paresse qui m'a empêché de vous écrire, ce ne sont pas même mes sérieuses occupations. Mais franchement, que t'aurais-je dit? Hélas! pauvre commis sans appointements, je n'ai pas, moi, à émailler mes lettres du récit enchanteur des courses faites, le matin, sur l'herbe humide des campagnes; je n'ai pas comme toi de jeune amie avec laquelle je puisse jouer au volant ou danser la moindre des choses... Lorsqu'on m'éveille, le matin, ce n'est pas pour entendre, au milieu d'une aimable famille, les récits à la fois touchants et terribles de l'Histoire des Girondins ; non, c'est pour aller m'enfermer pendant huit heures dans une espèce de cage où je n'ai pour toute perspective que la vue de quelques physionomies renfrognées, et pour tout délassement que des fractions énormes et des additions incommensurables. Si la pluie fouette les vitres, si le vent renverse les cheminées et ébranle les maisons, alors on me gratifie d'une course bien longue que j'accomplis, triste et l'oreille basse, sur le pavé boueux de Paris. Voilà pour mes récréations.

Tu le vois donc, ma chère Henriette, je n'avais rien de bien amusant à t'apprendre et je n'ai point eu tort de ne pas t'écrire. Et puis, heureux de ta dernière lettre, je jouissais en silence du plaisir de te savoir heureuse et contente. Quand un gai rayon de soleil se glissait à travers les rideaux épais du bureau et venait miroiter sur mes livres, en murmurant à mon oreille charmée les mots joyeux de liberté, grand air et ciel bleu, alors l'idée que tous ces trésors t'appartiennent venait adoucir ma captivité, et, comme un pauvre prisonnier, j'étais heureux... en rêve !

Adieu, chère petite sœur. Tu vas encore me re-
procher d'être trop laconique, mais voici un de mes
insupportables amis qui entre et qui lit par-dessus
mon épaule. Force m'est de fermer ma lettre, ce
que je ne ferai pas toutefois sans te dire que je
t'aime et que je t'envoie mille baisers.

HENRIETTE A EUGÈNE.

Saint-L., 6 novembre 1847.

Que je suis contente de penser que nous ne
nous quitterons pas, cher et bon frère; car c'est
tout à fait décidé! Depuis que je suis séparée
de toi, je sens encore davantage combien il m'aurait été pénible de vivre loin de toi, de re-
noncer à te voir. J'aurais regretté jusqu'à tes mo-
queries qui taquinent sans cesse cette sœur que tu
aimes beaucoup, au fond.

Je te plains, pauvre frère, d'être obligé de rester dans ton sombre bureau pendant que je me
promène si agréablement à la campagne. J'en ai
presque des remords. Que ne sommes-nous au
temps des fées! Je prierais la plus aimable d'entre

5.

elles de me changer chaque jour, pour une heure ou deux, en un jeune homme tout semblable à toi; j'irais gravement faire à ta place quelques-unes de tes grandes additions, pendant qu'à ton tour tu te récréerais un peu. Mais il n'y a plus de fées! Je souhaite donc que tu te résignes à ton sort, en puisant force et courage dans la pensée que tu fais ton devoir.

J'ai écrit à ma bonne maîtresse, mais non sans avoir le cœur bien gros, je t'assure. Chère Mme Dupuy, elle m'a fait tant de bien! Jamais je ne penserai à elle qu'avec la plus grande reconnaissance.

Ta lettre m'a fait grand plaisir; mais elle est trop poétique et je n'ose plus t'envoyer les miennes. Joli défaut, qui me fait chérir davantage mon bon petit frère!.

Je continue à lire l'*Histoire des Girondins*, et nous avons commencé aussi la *Révolution*, de Thiers, pour que les événements de cette époque se gravent mieux dans notre mémoire; aussi mon esprit est-il rempli d'idées de liberté, de patriotisme, grave sujet que je compte bientôt discuter avec toi. Et bientôt te revoir aussi, bon frère, ce qui ravit

Ta petite sœur.

HENRIETTE A EUGÈNE.

Saint-L., 1er décembre 1847.

Encore un peu de patience, cher frère, pour écouter mes longs discours, encore cette seule lettre, et puis j'aurai le plaisir de bavarder avec toi de vive voix. Quel bonheur!

Tu veux que je te raconte toutes mes courses, toutes mes impressions. Comment m'y prendre et par quoi commencer? Ainsi qu'à Paris je vois ici de très-belles choses, si nouvelles, si grandioses et qui me donnent une foule de pensées difficiles à exprimer. Tu m'aideras plus tard à m'en rendre compte; je te dois d'abord à toi, mon maître de littérature, une simple narration de mes promenades. Cher frère, qu'elle serait jolie si tu la faisais à ma place! Aide-moi à corriger mon style, à le rendre clair et coulant comme le tien. Qui sait? Un jour, sous ta direction, dans la suite des âges, il finirait peut-être par devenir poétique aussi. En attendant, je me contente de te dire tout simplement les choses telles que je les sens et les vois.

Et d'abord, je suis extrêmement touchée de la bonté des dames W. à mon égard. Elles m'aident à sortir de ma grande ignorance en me faisant partager les leçons et les lectures de Mlle W. qui, quoique plus jeune que moi, m'est supérieure sous tous les rapports. Puis, avec une complaisance, une patience que j'admire, elles me font les honneurs de Rouen. Elles m'y ont conduite plusieurs fois, tout exprès pour m'en faire visiter les curiosités.

Le premier aspect de cette étrange ville m'a désagréablement impressionnée. Les rues en sont étroites et sales, le pavé glissant comme à D.; il y a une foule de manufactures, dont les hautes cheminées vomissent de noirs tourbillons. On y voit de vieilles maisons en bois ou en briques, dont le premier étage surplombe d'un demi-mètre le rez-de-chaussée; elles ont l'air de tomber en ruines et de menacer les passants; d'autres sont bâties sur quelque vieille église, sur quelque couvent gothique, dont il reste une tour, ou une fenêtre à ogives. Mais cette ville antique est pleine de souvenirs du passé qui donnent du charme aux maisons noircies par le temps. Il y a, sur la place où l'héroïque Jeanne d'Arc fut brûlée, une mauvaise statue toute noire, qui la représente, dit-on. Cette statue fut élevée, vingt-sept ans après sa mort, par le roi Charles VII, à la mémoire de celle qui l'avait sauvé, lui et la France, et qui n'avait eu qu'un lâche abandon pour récompense de son dévouement.

Rien n'est beau comme les églises de Rouen, non, pas même Notre-Dame de Paris. Saint-Ouen surtout m'a fait une très-grande impression : c'est, dit-on, un monument du style gothique le plus pur. La cathédrale est moins grandiose, moins élancée, mais très-belle aussi. Le chœur de la basilique est rempli de tombeaux richement sculptés.

Saint-Maclou est une ancienne église, extrêmement curieuse; elle a de belles portes en bois, sculptées par Jean Goujon... On m'a montré aussi la tour de l'Horloge, le Palais-de-Justice, et l'Hôtel de Bourgtheroulde. Partout des sculptures admirables que je ne saurais pas apprécier seule, mes yeux de pensionnaire n'y ayant pas été accoutumés, mais que Mlle W., très-enthousiaste des belles choses, me fait elle-même remarquer.

Du côté de la Seine, Rouen s'élève en amphithéâtre et présente un curieux aspect. La ville est dominée par de verdoyantes collines. On a bâti

au sommet de l'une d'elles la belle église de
Sainte-Catherine, d'où le coup d'œil s'étend sur
un ravissant paysage. Les maisons qui bordent les
quais sont grandes et belles comme celles de Paris; il y a dans le port des navires marchands de
toutes les nations. Rien n'est gracieux comme de
les voir se croiser sur le large fleuve qui arrose de
si jolies campagnes. J'aime à penser aux rois, aux
reines qui ont contemplé les mêmes paysages et
joué quelque rôle important dans cette capitale de
la Normandie. Il faut te dire que, pour m'intéres-
rer davantage à tout cela, Mme W. me fait lire
l'*Histoire des Reines d'Angleterre,* qui ont presque toutes habité ce beau pays.

Tu vois, mon bon frère, que mon séjour de deux
mois au milieu d'une famille instruite et aimable
ne sera pas inutile à ta petite sœur. Mon tuteur
aussi est très-bon pour moi. Lorsque je compare
mon existence actuelle à ma vie d'autrefois, cela
me semble un rêve.

Je pense souvent à ma chère pension, cependant; à ma bonne maîtresse, qui aura éprouvé de
la peine en apprenant que je n'y retourne pas; à
mes amies, que je ne reverrai plus!

Je compte annoncer à maman le jour et l'heure

de mon prochain retour. Embrasse-la pour moi,
je te prie. Il me tarde de vous revoir tous deux et
de vous dire de vive voix, mieux que par lettre,
que je vous aime de tout mon cœur.

MADAME DUPUY A HENRIETTE

Sainte-Foy, 10 décembre 1847.

Chère Henriette, ma très-chère enfant!

J'ai reçu votre lettre de Saint-Léger avec bien
du plaisir; si je n'y ai pas répondu plus tôt, c'est
que j'espérais que Mme W. pourrait engager votre
mère adoptive à modifier la résolution qu'elle a
prise de vous retenir auprès d'elle. J'apprends par sa
dernière lettre que tout espoir de vous voir revenir
est évanoui. C'est une réponse cruelle pour nos
cœurs; je dis *nos*, car toutes vos amies partagent
mes sentiments à cet égard. Les professeurs de-
mandent toujours quand vous arriverez. Votre
maître de littérature ne vous a pas encore rayée de
sa liste; vous serez obligée de faire une narration
de votre départ de Sainte-Foy, de votre arrivée, de
votre séjour à Paris; ce sera une *composition* que

je mettrai sous ses yeux; vous assisterez, de la sorte, à la leçon, et ce sera un encouragement pour vos compagnes.

Je vous prie de m'écrire le plus souvent que vous le pourrez; donnez-moi tous les détails de ce qui vous intéresse, ce sera un moyen de charmer les peines de l'absence. Personne ne veut croire que vous nous ayez quittées pour toujours ; moi-même, chère enfant, je ne saurais me le persuader.

Adieu, mon Henriette. Vous serez toujours notre enfant chérie; ne doutez jamais de l'affection de

Votre amie et sœur en Christ,

Mᵐᵉ E. Dupuy, née Dupuy.

X.

L'HIVER DE 1848.

Ce n'était pas sans luttes intérieures, sans hési-
tations que je m'étais décidée à rester à Paris.
Inexpérimentée comme je l'étais, j'avais pu comprendre que des tentations nombreuses viendraient
m'y assaillir, et que ce milieu nouveau dans lequel j'allais vivre ne serait pas toujours en har-
monie avec mes principes religieux, avec mon désir de consacrer ma vie au service du Seigneur.
Me rappelant que Jésus disait de ses disciples à
son Père : « Je ne te prie pas de les ôter du monde,
mais de les préserver du mal, » je demandais avec
larmes : O mon Dieu, que veux-tu que je fasse?
Me voici pour faire ta volonté. Guide mes pas et
daigne me préserver du malheur de t'offenser! »

Une décision définitive ne fut prise que lorsque

j'eus consulté non-seulement la famille de ma
mère, mais aussi mon tuteur et ma marraine.
Tous s'accordèrent à reconnaître que je devais ac-
cepter les offres de Mme V., rester avec elle et ne
point me séparer de mon frère. Ce dernier argu-
ment atteignait en moi la corde sensible et fit taire
mes scrupules. Au retour de mon voyage en Normandie, ma mère adoptive m'accueillit donc avec
plaisir, comme sa fille, et me présenta en cette
qualité aux personnes de sa société.

Elle se composait de sept à huit familles qui se
réunissaient le soir, en hiver, plusieurs fois par
semaine. Maman recevait le mercredi. Par une
heureuse exception, assez rare à Paris, trois de ces
familles, qui du reste n'en formaient qu'une, ha-
bitaient la même maison que nous, de sorte que
ni le froid ni le mauvais temps n'interrompaient
nos réunions. Maman occupait avec mon frère et
moi le troisième étage; ses amis, M. et Mme D., ha-
bitaient le deuxième; leur fille aînée, mariée depuis quelques années et mère de deux jolies petites filles, demeurait au quatrième; enfin la sœur
cadette, momentanément séparée de son mari, qui
voyageait en Amérique pour son commerce, avait
loué et fait réparer un tout petit logement au cin-

quième, pour se rapprocher de ses parents et adoucir sa solitude. — C'était une aimable famille dont les membres vivaient dans une étroite union. — Par un bonheur rare aussi, ces dames étaient justement les amies qu'une mère prudente et sage aurait pu choisir pour sa fille au moment de sa sortie de pension. Dès notre première entrevue, elles me témoignèrent une bienveillance qui ne se démentit point pendant toute la durée de mon séjour à Paris, et qui fit naître entre nous une sincère affection. Leur société me fut extrêmement précieuse. Ces dames étaient instruites, simples, bonnes, indulgentes pour leur prochain et fort laborieuses. Tout en causant autour de la table ronde, chacune de nous travaillait à quelque ouvrage de broderie ou de tapisserie, tandis que ma mère adoptive faisait sa partie de whist avec les messieurs. Diverses familles du voisinage se joignaient d'ordinaire à nous; vers dix heures, on prenait le thé avant de se séparer.

. J'ai compris longtemps après que ce qui fait en société le charme tout particulier de la parisienne, c'est d'abord la grâce qui lui est naturelle, puis la facilité avec laquelle elle s'intéresse à tout et cause de tout : économie domestique, religion, poli-

tique, beaux-arts, théâtre, littérature. Aucune
question à l'ordre du jour ne lui est étrangère;
mais elle sait les effleurer toutes avec tact et rete-
nue, sans pédantisme. Il faut le dire, à Paris on
s'instruit par les yeux et par les oreilles, presque
sans le vouloir; la vie intellectuelle est dans l'air,
on la respire, on ne saurait faire autrement. Je
parle de la classe aisée, de celle qui a du temps à
sa disposition.

Mes nouvelles connaissances étaient catholiques
romaines, mais sincèrement pieuses : c'était un
point de contact, malgré les divergences qui ne pou-
vaient manquer d'exister dans notre manière de
juger les choses. Il se trouvait que nous aimions
à lire les mêmes livres, des traductions anglaises,
de préférence : Walter Scott et Charles Dickens
surtout; nous en causions ensemble.

Chaque soir aussi, il y avait du nouveau à se
raconter : une promenade, la visite à quelque
grand magasin, une exposition de tableaux ou de
fleurs, un concert auquel on avait eu le privilége
d'assister. Mais, dans cette mémorable année 1848,
la politique revenait sans cesse dans les causeries, car, de semaine en semaine, la situation s'ag-
gravait, une crise était imminente.

On en causait particulièrement dans un salon
que nous fréquentions, et où je me plaisais beaucoup. C'était dans un magnifique hôtel du Fau-
bourg-Poissonnière, entouré d'un beau jardin. Le
propriétaire de l'hôtel, M. D., un des princes de
l'industrie parisienne, qui devait son immense
fortune à son intelligence et à son travail, avait su
attirer autour de lui plusieurs personnes de sa famille qui apportaient leur part d'animation et de
gaieté dans son intérieur. On rencontrait dans son
salon plusieurs généraux et autres officiers supé-
rieurs de distinction. Leurs entretiens m'intéres-
saient fort et, sans en avoir l'air, j'étais tout yeux
et tout oreilles pour n'en rien perdre, quoique la
politique en fît d'ordinaire les frais. Du reste, il y
avait dans cette maison une jeune fille de mon
âge, extrêmement belle, bonne surtout, qui m'accueillait toujours avec plaisir et amitié. On y donnait de très-brillantes soirées, où les uniformes
chamarrés de croix d'honneur étaient en majorité.

On causait, on faisait de la musique, on dan-
sait. Je jouissais très-vivement de tout cela; mais
le plaisir que j'y trouvais devait être de courte
durée.

La Révolution éclata sur ces entrefaites, elle

dura trois longs jours : les 22, 23, 24 février, pendant lesquels la douleur et le deuil atteignirent bien·des familles.

Depuis longtemps déjà, une grande agitation régnait dans les masses. Le 22 au soir, ma mère adoptive, se reportant par le souvenir aux événements de juillet 1830, dans lesquels M. V., son mari, banquier, président du tribunal de commerce, avait joué un rôle comme député de la Seine, nous en racontait avec animation les détails. Malgré les rassemblements nombreux et menaçants qui avaient stationné ce jour-là dans les rues en criant « Vive la Réforme ! », malgré quelques barricades et quelques escarmouches, une assez nombreuse société était réunie dans le salon de maman pour causer des éventualités probables. Il pleuvait ; la veillée s'était prolongée jusqu'à onze heures, lorsque tout à coup le tocsin sonne, de sourdes détonations se font entendre dans la direction des boulevards. Aussitôt on se lève, on se dit adieu à la hâte, le cœur plein d'anxiété ; chacun retourne chez soi et nous écoutons aux fenêtres, maman, mon frère et moi, la rumeur du grand Paris, plein à cette heure de bruits sinistres.

Le lendemain, le son du rappel nous réveilla.
Des barricades s'élevaient dans la plupart des
rues ; on en construisit une sous nos yeux : c'était
une double muraille formée des pavés de la rue,
qu'on arrachait à mesure tout exprès. De temps
en temps, un détachement de troupes arrivait au
galop, faisant des décharges de mousqueterie pour
déblayer la rue ; aussitôt les insurgés disparais-
saient derrière les portes cochères, qui s'étaient
ouvertes pour leur donner asile ; puis, les soldats
partis, ils reprenaient patiemment leur construc-
tion quelque peu endommagée. Vingt fois, maman
s'exposa à recevoir une balle en se mettant à la fenêtre, tant la curiosité la rendait intrépide.

Cependant, les nouvelles qui nous arrivaient
devenaient d'heure en heure plus graves ; on se
battait dans plusieurs rues. Le bruit du canon et
celui de la fusillade me mettaient dans des transes
mortelles : je pensais aux blessés, aux mourants,
aux familles en deuil, à nos parents, à nos amis
dispersés dans Paris, exposés peut-être à de graves dangers. Quelles émotions poignantes ! La
prière seule me rendait un peu de calme.

Dans plusieurs postes, les gardes municipaux
avaient été tués ; mais la troupe de ligne fraterni-

sait avec le peuple. Le 23 au soir, des bandes
d'ouvriers parcoururent les rues en criant : « des
lampions ! » Aussitôt et comme par magie tout
Paris fut illuminé comme en un jour de fête.
C'est alors que, sur le boulevard des Capucines,
en réponse à un coup de feu parti on ne sait d'où,
les soldats firent une décharge qui tua trente-cinq
personnes et en blessa plusieurs autres. Il était
dix heures et demie. Ce malheur en amena beaucoup d'autres. Le tocsin sonne ; aux voix des clo-
ches se mêle de nouveau le bruit de la fusillade et
du canon ; des frères sont armés contre leurs frères, des Français combattent contre leurs compa-
triotes. Quel moment sinistre !

La journée du lendemain fut terrible. Le maré-
chal Bugeaud commandait la troupe, mais les insurgés gagnaient du terrain, s'emparant des ca-
sernes et des postes, et se rapprochant du palais
des Tuileries.

Le roi Louis-Philippe, cédant à la nécessité,
abdiqua la couronne en faveur de son petit-fils le
comte de Paris ; puis il dut quitter en toute hâte
avec sa famille le château des Tuileries. Bientôt
après, la République fut proclamée et le gouverne-
ment provisoire installé à l'Hôtel de Ville, tandis

qu'une immense foule envahissait le palais dont on fit ensuite un hôpital.

Enfermées dans notre appartement, maman et moi, nous étions en proie à une anxiété d'autant plus vive que mon frère était sorti pour se rendre compte de ce qui se passait. Malgré la barricade élevée à deux pas de notre maison, le quartier était tranquille ; seulement, de temps en temps, le chant de la Marseillaise et celui des Girondins arrivaient jusqu'à nous. En m'approchant de la fenêtre, je vis un pauvre blessé que des hommes portaient sur un brancard.

Enfin mon frère rentra, pâle et tout impressionné de ce qu'il avait vu ; il nous raconta les nouvelles. Presque au même instant, on vint les crier dans la rue. Comme la veille on illumina. La révolution était faite.

Après ces événements, qu'on sentait n'être que le prélude de nouvelles agitations, les familles qui composaient notre société se dispersèrent à la campagne. Maman se décida à passer l'été à Blois. Nous quittâmes Paris le 10 juin, peu de jours avant les sombres luttes que l'on prévoyait.

XI.

— — —

HENRIETTE A EUGÈNE.

Blois, 12 juin 1848.

Nous voilà établies à Blois, mon cher frère, et presque contentes de notre nouvelle demeure ; nous ne saurions l'être tout à fait loin de toi. On s'est donné toutes les peines du monde pour nous bien recevoir. La chambre de maman est confortablement meublée ; la mienne est au deuxième étage, très-grande, avec deux fenêtres donnant sur un jardin.

Nous avons eu des aventures de voyage : à Paris, le train que nous devions prendre était en route lorsque nous sommes arrivées à la gare ;

il nous fallait attendre six heures jusqu'au prochain convoi. Que faire ? Ne voulant pas retourner à la maison, nous sommes parties pour Orléans, où nous avons passé une demi-journée. Nous sommes allées d'abord à la cathédrale, qui passe pour l'une des plus belles de France ; puis à l'église gothique de Saint-Aignan, où il y a une chapelle souterraine. Nous avons longé les quais, admiré les belles rives de la Loire et le pont qui les réunit; puis, nous sommes revenues par la rue Royale, dîner à l'hôtel d'Angleterre, presque en face de la statue de Jeanne d'Arc.

C'était jour de foire; nous nous sommes promenées sur le Mail où elle se tient ; après nous être donné le luxe d'une noix dorée contenant notre bonne aventure, nous avons pu louer des chaises comme à Paris, et rester assises jusque vers dix heures du soir, en regardant défiler le beau monde. A onze heures nous étions en wagon, et nous arrivions à Blois vers deux heures du matin, au lieu d'y faire notre entrée en plein jour, comme nous l'avions espéré.

Voilà notre histoire. Es-tu content de moi ? Pas encore, puisque tu m'as demandé non-seulement de te raconter notre voyage, mais aussi de te faire part de mes remarques, de mes sentiments, de mes impressions. Quant aux remarques, il m'arrive rarement de les exprimer d'une manière correcte et précise ; pour ce qui est de mes sentiments, cher frère, je voudrais, pour les faire passer de mon cœur dans le tien, avoir à ma disposition ces expressions charmantes qui viennent se ranger comme d'elles-mêmes sous ta plume. Je voudrais, moi aussi, être poëte, et l'on prétend, hélas, que je n'ai pas la bosse de la poésie ! Pourtant, comme j'aimerais chanter les douceurs de l'amitié, le chagrin de quitter ceux que j'aime, le bonheur d'avoir un frère à chérir, à soigner, à regretter lorsqu'il est loin de moi ! Heureusement je puis, sans être poëte, te dire que je t'aime, que je voudrais te rendre heureux et t'éviter toutes les peines. Tu le sais, n'est-ce pas ?

Maman ne s'ennuie pas ; elle trouve, dit-elle, le pays plus beau qu'à l'ordinaire. Nous l'avons un peu exploré hier ; nous nous sommes promenées sous le Mail, sur les quais, et dans cette étrange ville, où il faut grimper et escalader sans cesse. Le soir, après dîner, nous sommes allées sur l'autre rive de la Loire, dans les belles et ombreuses allées de Saint-Gervais. Moi aussi, je trouve cela beau ;

mais je t'en parlerai plus au long dans ma prochaine lettre. Aujourd'hui je suis triste d'être loin
de toi. Lorsque je pense que tu es seul à déjeuner,
seul à dîner, sans ta mère, sans ta petite sœur pour
causer avec toi, mon cœur se serre et j'ai besoin
de me dire que tu aimes la solitude, que tu veux
être libre et tranquille... pour ne pas trop pleurer.

Tu nous écriras bientôt, n'est-ce pas, bon frère,
et tu penseras quelquefois à

Ta sœur affectionnée.

EUGÈNE A HENRIETTE.

Paris, 16 juin 1848.

Laisse-moi d'abord, chère petite sœur, t'embrasser vingt fois et te remercier pour la charmante lettre que tu m'as adressée. Ses quatre
pages ne m'ont pas effrayé du tout, je t'assure, et
me voilà prêt à recommencer pour les quatre prochaines que je compte bien recevoir avant peu.
C'est qu'aussi quand je te lis, chère Henriette, il
me semble que je te vois encore, que je t'entends

6.

me raconter de ta petite voix douce et naïve les émotions qui agitent ton cœur, ces mille impressions tristes ou joyeuses qui font de ta vie un océan en miniature, avec des flots lilliputiens et des vagues microscopiques... Et alors, je ne te lis plus, je t'écoute, je te vois et je me laisse aller à sourire, comme si tu étais là, de tes graves chagrins et de tes joies immodérées. Continue donc, petite sœur, à me tenir au courant de ce que tu fais, de ce que tu penses; de mon côté je te promets une lettre chaque fois que j'écrirai à maman.

Et d'abord, j'ai une grande nouvelle à t'annoncer! Devine!...

Mais, tout bien considéré, je ne te la dirai pas; car il faut que je te punisse, méchante, de certain passage que je rencontre dans ta lettre et qui m'a fait de la peine : « J'ai besoin, dis-tu, j'ai besoin de me dire que tu aimes la solitude, que tu veux qu'on te laisse tranquille, pour ne pas pleurer... »

Est-ce bien, cela? Ne distingue-t-on pas un peu d'amertume au fond de ces paroles, de même qu'on voit la vase au fond d'un lac pur? Et ne sais-tu pas bien, chère sœur, que si j'aime la solitude et la tranquillité, c'est surtout quand je les partage avec toi ?

Mais je suis bon prince et je ne te garderai pas rancune parce que, de mon côté, je sais parfaitement que tu ne pensais pas un mot de ce que tu me disais là... C'est ta tendresse pour moi qui te faisait parler ainsi ; tu craignais que je ne me trouvasse seul, isolé... Rassure-toi, chère Henriette. Je ne suis jamais seul, excepté à dîner. Et même alors, suis-je réellement seul ? Quand je plonge mon regard à travers la croisée entr'ouverte, ne vois-je pas à l'horizon le Panthéon, Notre-Dame, mille toits bleus, mille fenêtres étincelantes au soleil... N'ai-je pas sous mes pieds la verdure, les arbres, les fleurs, les gazouillements des oiseaux, les chants des enfants ? N'ai-je pas sur ma tête le ciel aux nuages d'or, et au dedans de moi-même une voix, une douce voix qui me parle tout bas de ceux que j'aime et qui me les représente pensant aussi à moi ? Tu le vois donc bien, je ne suis pas seul, et cette heure du dîner, que tu te représentes vide et désolée, passe comme une ombre, m'apportant, il est vrai, un peu de tristesse, mais beaucoup de souvenirs.

Me voilà bien loin de la nouvelle que je voulais t'apprendre ; je ne veux pas te faire languir plus longtemps ; la voici : Ta caisse est arrivée de

Sainte-Foy. Et lourde, oh! mais lourde! que ça fait frémir!! Il doit y avoir là dedans pour vingt ans au moins de souvenirs. Heureuse Henriette!

L'heure me presse ; il faut que je te quitte. Adieu, chère petite sœur : je t'embrasse cent fois ; écris-moi vite et très-long.

HENRIETTE A EUGÈNE.

Blois, 20 juin 1848.

Je ne te ferai pas de longs remercîments pour ta précieuse lettre, cher frère. Je la trouve si jolie, si aimable, si exactement telle que je la désirais, que je me contente de la relire plusieurs fois par jour. Pour te récompenser, je t'envoie une vue de Blois où tu remarqueras, dans la direction du château, la maison que nous habitons. Cette gravure réveillera tes souvenirs, en te rappelant les particularités de la ville, telle qu'on la voit du milieu du pont, s'élevant en amphithéâtre, dominée d'un côté par la cathédrale, de l'autre par le château, où l'on arrive par des rues composées d'escaliers et par des rampes escarpées. Après une

rude ascension, on se trouve au jardin de l'évê-
ché, d'où l'on embrasse d'un coup d'œil, à ses
pieds, la ville de Blois, une vingtaine de villages
environnants, et la Loire serpentant, gracieuse et
brillante, au milieu de la plaine qu'on a surnom-
mée le Jardin de la France.

L'aspect du château est assez étrange ; à l'extérieur, il est orné de dorures et de sculptures ; nous
espérons aller bientôt le visiter.

Maman a loué une voiture, et nous allons faire
de délicieuses promenades dans les environs. En
attendant, le temps est à la pluie, hélas !

Avec tout mon bavardage, je ne t'ai pas fait part
d'un grand bonheur qui m'attendait ici : dimanche, maman a eu la bonté de me conduire au temple. Après le service, j'ai demandé le nom du pasteur et il m'est revenu dans l'idée que sa femme a
été élevée à Sainte-Foy. En effet, Mme C. m'y a
connue encore enfant ; toute joyeuse de me revoir,
elle nous a fait entrer chez elle et nous a présenté
sa jeune et gentille famille. Hier, elle est venue
avec son mari nous rendre visite.

Maman a loué un piano qu'elle a fait placer dans
ma chambre. Je vais l'étudier sérieusement pour
faire quelques progrès avant de retourner à Paris.

Adieu, mon frère. N'oublie pas ta promesse !
Une lettre de toi est pour nous un trésor. J'attends avec impatience celle que tu vas nous écrire.

Ta sœur est ravie du pays ; le site est enchanteur ; et ce qui vaut tous les sites, toutes les maisons, toutes les promenades, tous les châteaux, toutes les allées des forêts les plus ombreuses, c'est qu'il y a à Blois un joli temple protestant avec presbytère. Pour comble de bonheur, le pasteur est marié à une élève de Sainte-Foy-la-Grande ; ils ont trois beaux enfants ! Voilà pour Henriette une intimité qui lui procurera un grand plaisir, d'autant plus que le monsieur et la dame sont très-bien ; cette dernière a une physionomie douce, riante et gracieuse.

Je ne te donne point de détails sur ce que nous faisons ; ta sœur se charge de ce soin et tu gagneras au change. Elle voit tout en beau, les gens comme le pays ; et moi je pourrais y mettre des ombres noires qui tiennent à mon expérience, ce qui gâterait le rose, le bleu et le blanc dont Henriette orne ses descriptions.

Soigne bien mon pauvre Jaco. Tu as beau dire, il renferme son chagrin !

Ne nous oublie pas trop, mon cher enfant, et pense que nous t'aimons tendrement.

Ta mère,

A. V.

HENRIETTE A EUGÈNE.

Blois, 24 juin 1848.

Mon frère bien-aimé,

Je ne puis t'écrire que quelques lignes pour te supplier de nous envoyer des nouvelles le plus tôt qu'il te sera possible. Nous avons appris qu'une Révolution vient d'éclater à Paris, et nous sommes dans des angoisses cruelles, ne sachant pas d'une manière précise ce qui en est. Le train de midi n'a pas apporté de dépêches et n'a amené aucun voyageur de Paris ; ceux d'Orléans disent qu'on s'est battu hier, que les insurgés se sont rendus maîtres d'une partie de la ville, que la garde nationale de la banlieue a tiré contre celle de

Paris. Que devons-nous croire de tout cela ? Si, du moins, nous étions avec vous pour partager vos dangers et vos craintes ! Mais vous savoir exposés tandis que nous sommes à l'abri de tout mal, et ne pouvoir pas recevoir de vos nouvelles, vois-tu, petit frère, c'est trop triste !

Depuis ce matin, on bat le rappel à Blois, dans toutes les rues. Cent cinquante gardes nationaux sont prêts à partir pour vous porter secours ; j'espère que beaucoup d'hommes de cœur se joindront à eux.

Quant à moi, que puis-je faire dans mon inquiétude pour toi et pour nos parents et amis, si ce n'est de prier Dieu de vous protéger, de vous préserver de tout mal !

J'espère que tu ne t'exposeras pas inutilement au danger ; non pas que je veuille t'empêcher de faire ton devoir et de prendre les armes, si cela est nécessaire ; mais puisque tu ne fais pas encore partie de la garde nationale je pense que tu n'y seras pas appelé.

Nous allons attendre ta lettre avec une grande impatience. Puisse-t-elle nous annoncer que le mal est moins grand que nous ne le craignons. Maman est très-inquiète ; elle se joint à moi pour t'embrasser tendrement. Combien nous voudrions être près de toi !

Ta sœur affectionnée.

Les journées des 23, 24, 25 et 26 juin 1848 furent terribles en effet ! Depuis la révolution de Février, on avait organisé à Paris et dans toutes les grandes villes des ateliers nationaux, afin de procurer de l'ouvrage aux ouvriers qui en manquaient. On les occupait par centaines et par milliers à combler les carrières de Montmartre, à faire des terrassements au Champ de Mars et dans différents quartiers de Paris. Ces hommes travaillaient peu et gagnaient un salaire insuffisant; l'on prévoyait que la misère et le mécontentement amèneraient vite de nouveaux troubles. L'Assemblée nationale, pressentant là un danger réel, résolut de dissoudre les ateliers nationaux, qui comptaient plus de cent dix mille individus.

Alors ces ouvriers se révoltèrent. Ils parcoururent les rues de Paris en chantant en cadence : « Nous resterons ! Du pain ou du plomb ! » Une lutte acharnée s'ensuivit ; elle fut sanglante, meurtrière, et coûta la vie à d'illustres victimes, à des milliers de personnes. Longtemps après, on en

7

voyait encore les traces sur les boulevards et dans toutes les rues : les monuments et les devantures de magasins étaient criblés de balles; l'incendie et les boulets de canon avaient fait partout de grands ravages. Le deuil était dans tous les cœurs. Une foule de prisonniers furent condamnés à la transportation et à la mort.

Quelle douleur de voir dans notre France bien-aimée ces combats fratricides! Vainqueurs et vaincus conservent ensuite les uns contre les autres d'horribles sentiments de haine, de vengeance, présages de nouveaux malheurs. Que de misères en sont la suite!

Hâtons de nos vœux, de nos prières, et aussi de notre influence chrétienne ce temps heureux où la paix s'établira sur la terre, où la guerre, civile ou étrangère, deviendra impossible parce que Jésus-Christ, le Prince de la paix, régnera sur les cœurs, parce que tout homme aura appris à son école à aimer son prochain comme un frère.

Jeunes filles et femmes chrétiennes, donnons-nous la main d'association pour guérir les plaies de notre patrie bien-aimée! Notre mission est humble, mais elle est sainte et belle : consolons les affligés, instruisons les pauvres, les faibles et

les petits ; disons-leur, par nos actes et par nos paroles, que Dieu les aime, que son Évangile de
grâce et d'amour renferme un remède efficace pour
toutes leurs souffrances. Dans le sein de nos familles, dans le cercle de nos sociétés intimes, dans
nos rapports avec nos inférieurs, apportons un esprit de paix et d'amour. Alors, ô mes sœurs, l'ar-
mée nombreuse et inoffensive dont nous serons
les soldats et dont notre Sauveur sera le chef invi-
sible, remportera la plus belle des victoires, la vic-
toire annoncée par les anges dans les plaines de
Bethléem : Paix sur la terre, bonne volonté parmi
les hommes !

LA LIBERTÉ DE 1848.

ODE.

C'était pendant ces jours de colère et de haine
Qui font prendre en dégoût toute la race humaine,
  Pendant ces jours maudits
Où le peuple égaré roule à travers la rue,
Mer sombre et menaçante, hélas ! toujours accrue
  D'un ramas de bandits.

Paris accomplissait son propre suicide...
On voyait s'agiter la lutte fratricide,
          Dans ses flancs énervés;
Le canon meurtrier mugissait par saccades,
Crevant les pans de mur, trouant les barricades
          Et broyant les pavés...

Et tandis que la mort, ouvrant sa main jalouse,
Arrachait à la sœur, à la mère, à l'épouse,
          Un être bien aimé;
Tandis que l'orphelin, dans le sang et la boue,
Trouvait enfin son père, et baisait à la joue
          Un corps inanimé;

Tandis que chaque toit de la ville en démence
Cachait un désespoir, un deuil, une vengeance...
          La nuit tomba des cieux;
Les partis fatigués un instant firent trève;
Et le poëte alors vit, comme on voit en rêve,
          Un spectacle odieux.

. . . .
. . . .
. . . .

O peuples! attendez... l'heure n'est pas venue!
Descendez l'avenir, cette route inconnue
          Sans fin et sans milieu!
Pourquoi vouloir fixer le temps insaisissable?
Un siècle est un éclair... à peine un grain de sable
          Au sablier de Dieu!

Laissez les siècles fuir!... lui seul en sait le nombre!
A quoi bon vous débattre et vous mordre dans l'ombre
      En cherchant la clarté?
Vous n'avancerez pas, — même d'une seconde,
L'heure où doit éclater, éblouissant le monde,
      L'ardente vérité!

Oh! si fermant la bouche aux prétendus prophètes
Dont la voix applaudit à tout ce que vous faites,
      Et vous souffle tout bas,
Que vous êtes maudits; que les hommes, vos frères,
Sont joyeux de vos maux, riches de vos misères,
      Fiers de votre trépas...

Si, séparant enfin le bon grain de l'ivraie,
Vous vouliez pratiquer la fraternité vraie,
      Prendre le bon sentier,
Et donner pour dictame à votre cœur qui saigne
Ces trois mots souverains où toute âme se baigne :
      Aimer, croire, prier!...

Si, déchirant d'un coup vos sanglantes annales,
Vous remplaciez l'émeute et la poudre et les balles
      Par cette grande voix,
Que la foule recèle au fond de sa poitrine;
Conscience imposante, austère, et qui domine
      La puissance des rois;

Si, découvrant le but de cette immense force
Que le ciel vous donna, comme à l'arbre l'écorce,
      Vous pouviez vous unir,

Et vous prenant les mains, d'un accord unanime,
D'un seul et même pas, d'un même élan sublime
     Marcher à l'avenir !...

Oh! qu'il serait splendide et noble, ce spectacle,
Du monde sans souillure aux pieds du tabernacle!
     Au feu resplendissant
De cette aube nouvelle, à l'horizon surgie
La sainte Liberté que n'aurait pas rougie
     Une goutte de sang!...

La liberté du Christ et celle de l'Apôtre !
Hymne pur dont la voix dit : Aimez-vous l'un l'autre !
     Soyez bons! tout est là!...
Ange qui de la mort adoucit le mystère
Et nous montre du doigt l'espérance sur terre,
     Le bonheur au-delà!...

Eugène B.

XII.

Cette terrible crise de la révolution de juin pas-
sée, nous reprîmes, mon frère ses occupations de
bureau, maman et moi nos promenades dans les
environs de Blois. Nous visitâmes, en partie de
plaisir avec cinq ou six personnes, le château de
Chambord, situé au milieu d'un vaste parc, sillonné de larges et belles allées. Ce château est
d'une architecture bizarre, unique dans son genre,
avec sa toiture ornée de tourelles, de cheminées et
de lucarnes finement sculptées. Un double escalier,
admirablement travaillé, monte, en tournoyant,
jusqu'au sommet d'une haute tour qui se termine
par une belle lanterne surmontée d'une fleur de
lis. L'escalier offre cette particularité que deux

personnes peuvent y monter en même temps sans
se rencontrer.

Lorsqu'on parcourt les vastes appartements de
ce manoir princier, l'imagination se reporte à
l'époque où de grands seigneurs, de nobles dames,
suivies de leurs pages aux brillants costumes, le
remplissaient de vie et d'animation ; à l'époque où
Louis XIV chassait avec sa cour dans les forêts
voisines ; où Molière et sa troupe jouaient à Chambord pour la première fois le *Bourgeois gentil-
homme*. Mais, en 1848, ces grandes salles étaient
désertes et, malgré les réparations faites à diverses
reprises, étaient très-délabrées.

Le château de Blois nous fut complaisamment
montré par une personne qui en avait écrit l'histoire, et qui eut la bonté de nous retracer, sur
place, tous les détails de l'assassinat du duc de
Guise : ici, la salle du conseil où il se tenait assis,
le matin de sa mort ; plus loin, le cabinet où
Henri III le fit appeler ; l'endroit où il tomba
frappé par les ordres du roi ; enfin les combles où
son corps fut jeté avec celui du cardinal, son frère.

Nous gravîmes ensuite à l'observatoire où Ca-
therine de Médicis se livrait à l'astrologie, son
étude favorite ; puis, de la terrasse élevée qui fait

le tour du château, nous pûmes admirer le magnifique panorama que présentent la ville de Blois
et les campagnes arrosées par la Loire.

Mon frère, qui était resté à Paris, nous fit, à
cette époque, une aimable surprise : il écrivit pour
nous et nous envoya régulièrement, chaque semaine, tout un volumineux journal composé de
nouvelles et de poésies, entremêlées de réponses à
nos lettres. J'en ai précieusement gardé la collec-
tion, d'où je vais extraire quelques fragments :

ACROSTICHE.

Henriette, ô ma sœur, ô ma meilleure amie,
Etre au regard si pur, qui caresse mon cœur,
Nuage aux ailes d'or qui passe dans ma vie
Rayonnant de lumière et portant le bonheur...
Insoucieuse enfant, lorsque ta main si frêle
Ecarte mes cheveux et vient presser ma main,
Tes yeux sont pour mes yeux le puits que la gazelle
Trouve au fond du désert, et dont l'eau calme et belle
Efface de ses flancs la poudre du chemin.

EUGÈNE B.

7.

EUGÈNE A HENRIETTE.

Paris, 22 juillet 1848.

Quoiqu'il me reste bien peu de place sur le papier, je ne veux pas, petite sœur, passer à ma lé-
gende sans causer un instant avec toi. D'ailleurs,
il faut que je te dise combien je suis fier du plaisir
que te procurent mes humbles essais littéraires.
S'ils me prennent du temps, j'en suis largement
dédommagé par la joie que tu m'en exprimes; cela
te rend si heureuse que je suis presque honteux
de n'avoir pas quelque chose de mieux à t'offrir.
Enfin, tels qu'ils sont, ils te plaisent, je n'en demande pas davantage.

Ne te plains plus, petite sœur; ta dernière lettre
est un véritable morceau de poésie simple, fraîche
et naïve comme je l'aime tant. Ces vagues aspira-
tions à l'infini, ces élans mystérieux de l'âme, ces
désirs ardents de dérouler, de répandre ses pensées sur le papier, tout, jusqu'à cette impuissance
où l'on se trouve de le faire, tout prouve que tu es
poëte. Parfois, le soir, après une de ces douces
promenades dont tu me parles, lorsqu'une plume

à la main, une feuille toute blanche devant toi, tu cherches à fixer une idée, une seule, d'entre toutes celles dont tu te sens le cœur inondé, et que rien ne te vient, pas même une phrase, pas même un mot, il te semble, n'est-ce pas, que tu es un oiseau... tu te sens des ailes, le soleil brille, le ciel est bleu, tu t'élances... et tu te meurtris aux barreaux de ta cage, et bientôt, sanglante, épuisée, tu retombes au fond de ta prison... et alors, ce ciel qui te rit, cette belle nature, cet air parfumé, tout cela te semble une amère dérision...

S'il en est ainsi, si tu éprouves tout cela, ne te plains plus, te dis-je, petite sœur, tu es poëte.

Car la poésie ne consiste pas seulement à aligner des mots avec ordre, pour attacher ensuite une rime plus ou moins sonore... Non, la poésie, vois-tu, elle est dans tout, elle passe dans l'air, elle murmure dans l'eau, elle est dans l'azur du ciel, dans le vent du soir, dans le chant des oiseaux et surtout dans ton cœur parce que tu es jeune, aimante et que la foi jaillit de ton âme comme une source limpide d'une grotte parfumée.

Adieu, mille baisers.

EUGÈNE B.

A MADAME V... ET MADEMOISELLE B...

(Un jour qu'il faisait de l'orage.)

Lorsqu'un sombre nuage
A passé, gros d'éclairs,
Et laissé fuir l'orage
De ses flancs entr'ouverts,

Comme un aigle intrépide
Au travers de l'azur,
Il prend son vol rapide
Et le ciel devient pur.

Puis le soleil essuie,
D'un seul de ses regards,
Les doux pleurs de la pluie
Sur les herbes épars;

Alors, quand mille perles
Brillent sur les gazons,
Quand on entend les merles
Siffler dans les buissons,

Vous, mes deux villageoises,
Qui, derrière un carreau,
Sur votre toit d'ardoises
Avez vu bondir l'eau,

A la dernière goutte,
Parmi les prés mouillés,
Vous hasardez sans doute
La pointe de vos pieds;

Vous partez toutes seules,
Et vous vous en allez
Sentir l'odeur des meules,
Des foins verts et des blés...

Déjà la blanche ombrelle
S'ouvre, abri caressant;
Déjà la sautèrelle
Vous salue en passant;

La demoiselle verte
Vous précède et vous suit...
Sur la route déserte
Tout est parfum et bruit!...

Là, près d'une eau dormante,
C'est un lézard vermeil,
Qui sort de quelque fente
Et se sèche au soleil.

Plus loin, l'humble limace
Grimpe au mur en bavant,
Et laisse sur sa trace
Un long ruban d'argent;

Ici, voici la toile,
Riche et frêle à la fois,

Où veille, sous un voile,
L'araignée aux grands doigts ;

Là-bas, l'ardente abeille
Vole au bord d'un sillon
Où le genêt s'éveille
Et rit au papillon ;

L'aubépine secoue
Ses guirlandes de fleurs,
La brise qui s'y joue
S'imprègne de senteurs ;

Et de toutes les haies,
Des buissons, du taillis,
Des ombreuses futaies
Sort un doux gazouillis,

Qui monte et qui s'élève
Bien haut, dans le ciel bleu,
Et murmure sans trève :
Gloire à Dieu ! Gloire à Dieu !

Puis, sous quelque charmille
Où le jour ne vient pas,
Vous, la mère et la fille,
Vous enlacez vos bras,

Contemplant ce spectacle
Avec vos yeux rêveurs,
Ce charmant tabernacle
De verdure et de fleurs...

Et tandis que se ploie
L'arc-en-ciel diapré,
Vous sentez une joie,
Un calme inespéré ;

Vous sentez une flamme,
Vive et pure à la fois,
Déborder en votre âme
Et vous couper la voix.

Car pour celui qui lève
Un front candide et blanc,
Pour tout être qui rêve,
Pour tout naïf enfant,

Pour celui qui repose,
Le soir, en un bois vert,
C'est une sainte chose
Que ce riant concert,

Ce cri de la nature
Immense, universel,
Où chaque créature
Bénit l'Être éternel !...

. . . .
. . . .

Mais moi, quand la bruine
Hache l'horizon gris,
Qu'une teinte chagrine
Se répand sur Paris ;

Quand la pluie et la grêle
Tombent à flots pressés
Sur les gens, pêle-mêle
Sous ma porte entassés,

Penché sur mon pupitre,
J'écoute en soupirant
L'eau qui fouette ma vitre
Et retombe en torrent...

On n'entend qu'une note,
Il ne se fait qu'un bruit :
Le ruisseau qui clapote
Et l'égout qui s'emplit;

Enfin, si le vent chasse
L'oràge devant lui,
Le nuage s'efface
Mais non pas mon ennui !

Et qu'un rayon bien pâle,
Perçant le ciel blafard,
Vienne éclairer la salle
Où je baille au hasard,

Je vois des faces jaunes,
Des lunettes au nez,
Des barbes de vieux faunes,
Des mollets décharnés;

Je cours à la fenêtre
Pour m'égayer un peu...

Y verrai-je un seul être
A l'image de Dieu?...

Non!... voilà dans la rue
Quelques passants crottés,
Un vieux cheval qui rue,
Et des murs mouchetés!

Alors, que dois-je faire
En ces tristes instants?
O ma sœur, ô ma mère,
Vous direz que je mens,

Mais chez moi je m'enferme
Sous de triples verrous,
Plus coi que le dieu Terme,
Et là... je pense à vous!...

EUGÈNE B.

20 juillet 1848.

HENRIETTE A EUGÈNE.

Blois, 25 juillet 1848.

Mon cher frère,

Comment te remercier de tant de jolies choses ?
Depuis que j'ai reçu le charmant journal que tu

m'as dédié, je le porte constamment sur moi, je l'ouvre, je le contemple, je le lis et le relis.

Si tu étais ici, petit frère, si tu pouvais jouir avec nous du calme, de la fraîcheur de certaines retraites, mon plaisir serait mille fois plus grand.

Vendredi dernier, nous avons fait une longue course en voiture, dans la forêt de Blois. Nous avancions sous ce dôme de verdure, admirant les effets du soleil au milieu du feuillage ; bientôt, le terrain ondule ; la route passe à travers des collines couvertes d'arbres touffus ; elle domine un vallon étroit et profond, une miniature de paysage suisse. C'est là que viennent, en hiver, se réfugier les sangliers poursuivis par les chasseurs. Nous y reviendrons ensemble, j'espère, et tu verras aussi la fontaine d'Orchez, source abondante et pure qui, sortant d'un rocher, glisse doucement sur un lit de mousse ; elle forme ensuite une gracieuse petite rivière, coulant à pleins bords, qui réjouit et fertilise tout sur son passage.

Maman fait des prodiges de valeur : elle escalade sans tomber, et même sans glisser, de petits sentiers creusés par les chèvres. Elle aussi te remercie de nous distraire si agréablement par tes productions littéraires, qui te rendront peut-être célèbre un jour, qui sait? Nous avons particuliérement aimé la romance qui se trouve dans les *Mémoires d'une Hirondelle.*

L'EXILÉ.

(Romance.)

Ne craignez rien de moi, petites hirondelles!
L'exilé vous chérit... car le bruit de vos ailes
Lui rappelle un bonheur et des plaisirs perdus...
Aspirez sans effroi l'air, la vie et l'espace;
Lui, pauvre voyageur, sans aucun but, il passe
  Et ne vous verra plus!

Vous venez de bien loin... de la France, sans doute?...
Alors vous avez vu, quelque part sur la route
Une oasis riante, un amas bien confus
De verdure et de fleurs, un charmant paysage
Avec des toits de chaume? Ah! c'était mon village...
  Je ne le verrai plus!...

Avez-vous rencontré quelque humble maison blanche
Où s'abrite le lierre, où fleurit la pervenche?...
Alors, vous avez vu, quand sonne l'*Angelus,*
S'avancer lentement au seuil de la chaumière.
Une femme éplorée... hélas!... c'était ma mère...
  Je ne la verrai plus!...

C'est là que votre vol s'est reposé, peut-être?...
Alors, vous avez vu, derrière une fenêtre
Où les lys aux jasmins se mêlent confondus,
Un bel ange... une enfant pâle et presque glacée?...
Oh!... laissez-moi pleurer... c'était ma fiancée
     Je ne la verrai plus!...

Venez plus près de moi, messagers d'espérance!...
Rapportez-moi l'air pur, les doux parfums de France,
Mêlez vos jeunes voix aux cent bruits du reflux...
Faites-moi souvenir d'une terre chérie,
Afin qu'un songe d'or me rende la patrie
     Que je ne verrai plus!...

                    EUGÈNE B.

Vers la fin du mois d'août, mon frère obtint du banquier chez lequel il travaillait, un congé de trois semaines qu'il vint passer avec nous à Blois. — En septembre nous étions tous rentrés à Paris, heureux de retrouver nos paisibles habitudes, et riches d'une provision d'agréables souvenirs.

XIII.

LES CINQ ANNÉES SUIVANTES.

L'hiver revint ; nos amis dispersés se rapprochèrent, on reprit les réunions du soir, les joyeuses causeries. Et, dans le jour, les promenades instructives pour revoir le Paris des antiquités, des musées et des arts. Le printemps revint aussi ; avec lui l'air tiède et les chants d'oiseaux.

J'eus alors le bonheur de retourner en Normandie reprendre auprès de ma marraine ma part d'études plus suivies, de lectures variées, surtout de conseils et d'exemples chrétiens. Car, dans cette maison bénie, on se plaçait tout d'abord sous le regard de Dieu ; lui plaire, le glorifier, le servir était l'œuvre principale de chaque journée ; faire du bien aux pauvres, aux affligés, aux souffrants, l'occupation constante des chefs de la famille.

Cette prédication muette, l'exemple quotidien d'une foi éclairée, humble pourtant et produisant sans cesse des œuvres de charité, pénétraient profondément nos cœurs, nous excitant saintement à jalousie. Aimer Dieu, aimer en Lui le prochain, s'oublier, se dévouer pour autrui, le vrai bonheur était là, nous le sentions ; là aussi le vrai but de la vie !

Six ans de suite je revins à Saint-L. ; j'y retrouvai toujours le même accueil aimable. Mlle W. était une compagne studieuse et pourtant gaie, vive, enthousiaste. Elle descendait, par sa mère, d'un illustre chef de clan écossais ; elle eût elle-même inspiré à la plume d'un Walter Scott un ravissant croquis de jeune fille. A l'époque dont je parle, tout entière à ses études, elle n'avait encore voyagé que fort peu ; isolée dans une campagne, elle brûlait de connaître le vaste monde, Paris surtout, dont elle me faisait sans cesse décrire les beautés.

Pour la distraire, ses parents nous conduisirent à plusieurs reprises au bord de la mer. Nous séjournâmes quelques semaines à Étretat. Nous étions logés tant bien que mal chez le « père Ouf, » tailleur du village, et nous prenions nos repas à

table d'hôte, avec quelques autres familles bour-
geoises, des nobles, de vieux militaires décorés, et
surtout des artistes, que les beautés du site com-
mençaient à attirer, quoique cet endroit ne fût pas
alors à la mode comme il l'est devenu depuis.

J'emprunte à ma correspondance avec mon frère
les détails suivants :

« Nous passons nos journées à faire d'immenses
promenades sur les falaises. Il y a ici de grandes
fermes aux toits de chaume qui valent des palais ;
elles sont toutes dans un enclos bordé d'une double
rangée de grands et beaux arbres qui les protègent
contre la violence du vent et des tempêtes. —
Nous explorons les villages ; nous allons boire du
lait et manger du pain bis chez la mère Giles, à
Brenneval ; nous interrogeons les pêcheurs, les
douaniers, les moissonneurs ; tout le monde est
aimable, poli, complaisant. C'est plaisir de voir
comme les hommes sont robustes, les femmes belles
et avenantes ; tous portent sur leur physionomie
un air de bonheur, de santé, de liberté qui vous
enchante. Quel contraste avec la population des
villes de fabriques ! Nous nous amusons à regarder les mouvements gracieux des marins dans leurs
barques, ou lorsqu'ils étendent leurs filets pour les

faire sécher au soleil. Ils ont de si jolis costumes : une chemise bleue ou rose; ou bien une camisole de tricot qui laisse tous leurs mouvements libres, et sur la tête un petit béret bleu, coquettement incliné sur l'oreille. Les femmes ont des jupes d'un rouge éclatant, des fichus bigarrés, et des bonnets bien blancs; tout cela ajoute au pittoresque du paysage.

Et la mer, me diras-tu, pourquoi ne point m'en parler? Ah! c'est qu'elle est si grande, si étonnante, la mer! Quand on écoute le bruit des vagues, quand on court sur la grève et sur les falaises pour la mieux voir, toutes les facultés se confondent en une seule : l'admiration, l'enthousiasme! Il n'est pas possible de trouver des mots pour exprimer ce que l'on éprouve; mais l'âme s'élève avec adoration vers le Tout - Puissant Créateur, dont on comprend bien l'insondable grandeur.

Tu aimerais ces vagues et ces rochers, toi, mon poëte! Vous vous diriez réciproquement de bonnes et belles choses; tu les chanterais, et tu en recevrais une provision nouvelle de vie, de force, de santé. Que n'es-tu ici avec moi!

Nous avons pris deux bains. Le premier nous a fort humiliées : il était trois heures de l'après-midi; la grève, car il n'y a point ici de plage, était couverte de belles dames et de baigneurs. Mais le temps était si beau, les vagues si engageantes, que nous n'avons pu résister à l'envie de nous y plonger. Chacune de nous ayant revêtu le costume des baigneuses, un athlète, le père Mathurin, a pris Mlle W. d'une main, moi de l'autre, promettant de nous protéger toutes deux. Le brave homme était assez fort pour cela, en effet, avec ses bras musculeux et ses mains qui laissent des empreintes noires aux poignets qu'elles ont touchés; la malice ne lui manquait pas non plus. Comme c'était notre premier bain : « Mettez-vous à genoux, et baissez la tête lorsque la vague arrive, » nous dit-il. Nous obéissons sans songer à mal, et, comme la première vague nous a étonnées, pendant que nous jasons et rions, la seconde survient qui nous remplit la bouche; puis une troisième qui nous renverse; enfin une quatrième nous lance sur les cailloux, aux genoux de notre inflexible père Mathurin, d'un air de suppliantes, qui devait paraître comique aux spectateurs. Nous étions horriblement vexées de notre échec; mais, le lendemain, nous nous en sommes consolées, ayant eu un baigneur complaisant qui nous a fait nager d'une manière

8

fort agréable. Quel plaisir alors de nous sentir doucement soulevées par les vagues !

Il y a en amont et en aval d'Étretat deux énormes rochers troués par la mer comme l'arche d'un pont, qui s'appuient en arcs-boutants sur les falaises, laissant voir, comme dans un cadre, un morceau de ciel bleu, des vagues blanches d'écume et souvent de petites barques de pêcheurs qui se balancent entre l'eau et l'azur.

Quand la mer est basse, on peut suivre à pied sur la grève la ligne onduleuse des falaises; il y a là des grottes solitaires où l'on peut s'asseoir pour contempler la masse liquide et rêver aux myriades de créatures qu'elle berce et qu'elle nourrit. — De loin en loin, des ruisseaux se précipitent en cascades du haut des rochers; on se croirait dans les montagnes, sans cette grande voix qui murmure et qui gronde.

Nous avons fait dans une barque de pêcheurs une promenade de deux lieues. Les MM. W. nous accompagnaient : on était ballotté, secoué; j'avais passablement peur; mais, comme les autres, je n'en soufflais mot, non plus que du mal de cœur qui me faisait pâlir. La mer était grosse, et les marins ont voulu hâter notre retour. Quelques heures plus tard, une tempête éclatait. Combien nous nous félicitions, en contemplant ce spectacle effrayant et sublime, de nous trouver à l'abri du danger !

Que de choses n'aurais-je pas encore à te raconter, que de questions à te faire sur tout ce que je vois, sur ces coquillages, ces mousses, ces plantes aquatiques que je trouve ici ! Que de sujets d'étude, et comme je suis ignorante !

Ce que je sais, par exemple, mon frère chéri, c'est qu'il me serait doux de t'avoir avec moi ; et puis aussi, que je t'aime tendrement.

HENRIETTE A EUGÈNE.

Saint-L., 6 mai 1853.

Merci, cher frère, de m'avoir enfin écrit. Pour ta récompense, je vais te raconter un plaisir d'autant plus grand qu'il était inattendu. Tu t'en réjouiras, je le sais, parce que de semblables journées contribuent fort à me donner les grosses joues que tu me désires. Je sens que la douce chaleur du printemps me pénètre et fait circuler en moi la vie et la santé que l'hiver, passé à Paris, altère toujours un peu.

Hier matin, avant cinq heures, nous étions sur pied, nous préparant à passer la journée à Dieppe. Le soleil était radieux ; un vent assez vif promettait d'en tempérer la chaleur. A sept heures, nous montions en wagon à Rouen, pour arriver à Dieppe à dix heures. Quel ravissant trajet ! Des bois, de grands beaux arbres, de vastes prairies arrosées par des ruisseaux, auprès desquels paissent des troupeaux de vaches ; des coteaux, des villages avec leur clocher pointu !

En arrivant à Dieppe, nous avons tout d'abord déjeuné de bon appétit à l'hôtel, après quoi nous avons commencé nos courses. — Te dire le plaisir que j'ai éprouvé à revoir la mer serait impossible. Tout le jour je me suis sentie bondir de contentement. Il y a eu pourtant un petit nuage : en nous promenant sur le port, nous avons vu dans l'eau un pauvre chat luttant péniblement contre le courant. L'instinct le poussait vers le quai ; mais, à chaque nouvel effort, l'animal devenait plus faible ; il est arrivé exténué près d'une poutre à laquelle nous désirions de tout notre cœur le voir s'attacher. Impossible de l'aider ! Et nous nous sommes éloi-

gnés sans voir la fin de ce drame. Cela m'a fait
songer aux milliers d'hommes qui se sont débattus
ainsi dans la mer. Que d'efforts, quelle angoisse à
mesure que le salut leur devenait plus impossible !
C'est affreux à penser ! ! !

Nous avons tout le jour à nous. — Voulez-vous
aller à Arques? nous dit mon tuteur. — Bien volontiers ! Et nous grimpons en omnibus, puis sur
la colline que couronnent les ruines du château
d'Arques. La concierge, qui loge avec son mari
dans une vieille tour, nous introduit par une
porte étroite et basse dans la cour, au bout de laquelle se trouvent le pont et la forteresse elle-même,
haute, majestueuse, cachant les outrages du temps
sous une épaisse guirlande de lierre et de giroflées.

De la plate-forme, nous jouissions d'une vue
splendide : au-dessus de nos têtes, le ciel d'azur;
dans le lointain, la mer, sur laquelle glissaient une
foule de bateaux pêcheurs; au loin, les voiles
blanches des vaisseaux brillaient çà et là. A nos
pieds s'étendait une immense plaine; en face de
nous, la colline où Henri IV avait placé son ar-
mée de braves, dans cette fameuse bataille d'Arques
où Mayenne fut mis en fuite.

Le château est entouré de fossés profonds; un

8.

souterrain long de plus de deux lieues le mettait autrefois en communication avec Dieppe. Nous avons tout exploré, depuis les plus noires prisons jusqu'au sommet des tourelles. Le mauvais état des escaliers rendait par moments notre ascension dangereuse.

De cette journée, si bien remplie, il me reste un souvenir délicieux, et aussi, bon frère, le regret de n'avoir pu partager mon plaisir avec toi!

Ta petite sœur,

HENRIETTE.

Oui, la Normandie est belle avec ses falaises à pic bordant la mer, ses hautes collines toujours vertes, parées au printemps de pommiers fleuris, qui donnent à la contrée entière l'aspect d'un vaste jardin. La Seine y fait mille détours capricieux; tel qu'un voyageur sur le point de quitter sa patrie s'attarde auprès des amis qu'il ne reverra plus, ce fleuve semble s'éloigner à regret de la France; il revient sur ses pas, s'en retourne et revient encore, semant partout sur son passage la richesse, la fertilité, la beauté.

Les Parisiens surtout en connaissent les charmes;

pour eux la Seine déploie coquettement toutes ses
grâces dans les environs de la grande ville, et ce
sont de délicieuses retraites que ces villas, ces cha-
lets, enfouis dans les arbres aux bords de ses deux
rives, à sept ou huit lieues à la ronde. Dès les
premiers beaux jours, la plupart des familles ai-
sées vont s'installer à la campagne ; les messieurs,
profitant des nombreux réseaux de chemins de fer
qui relient Paris et ses environs, partent chaque
matin pour s'adonner à leurs affaires en ville, et
reviennent à l'heure du dîner, respirer avec leurs
femmes et leurs enfants un air pur et vivifiant.

Combien j'aimais à passer une semaine ou deux
à Enghien, à Maisons-Lafitte, à Chatou, avec l'aimable famille D., qui s'établissait, pour la belle
saison, tantôt dans l'une, tantôt dans l'autre de
ces localités. Que de douces jouissances leur hospi-
talité m'a procurées !

Nous partions après déjeuner, les dames, les
petites filles et moi, munies de livres et d'ouvrages ;
chemin faisant, on cueillait d'énormes bouquets de
bleuets, de marguerites ou de bruyère ; puis, on
s'asseyait, à l'ombre, dans les bois.

Le séjour de Versailles avait un agrément particulier : on employait les jours de pluie à visiter le

Palais, le Musée, les Galeries si intéressantes des portraits historiques. Lorsque le temps était beau, on s'asseyait dans quelque bosquet ou sur le fameux *tapis vert* qui s'étend jusqu'au bassin d'Apollon; trois ou quatre fois par semaine, on y entendait la musique militaire. On se promenait à Trianon, à Saint-Cloud, à Saint-Germain. Pour redire tout cela, il me faudrait de longues pages. Puisse celle que j'écris en ce moment porter de ma part un *merci* reconnaissant à ceux des amis et bienfaiteurs de l'orpheline qui lui ont été conservés!

Cependant, pour être sincère, je dois avouer à mes lectrices que ma vie de jeune fille avait aussi ses tristesses. Je ne m'étais pas trompée en pressentant que, dans ce milieu différent de celui dans lequel j'avais été élevée, je rencontrerais des difficultés et des tentations. Le but élevé vers lequel tendaient mes désirs semblait fuir sous mes pas; mes occupations me paraissaient frivoles, sans utilité réelle; je m'en affligeais, demandant à Dieu de m'enseigner à le mieux servir, à lui consacrer ma vie, à ne point donner mes affections aux plaisirs. En réalité, je faisais alors des études et des expériences qui devaient m'être précieuses pour l'avenir.

Mon frère n'était pas heureux; employé chez un banquier, il n'avait aucun goût pour ce genre de travail; il désirait s'adonner à la littérature; la contrariété qu'il éprouvait de ne pouvoir le faire finit par altérer sérieusement sa santé. Maman céda alors à ses désirs; elle lui permit de quitter la place qu'il occupait pour rejoindre à Bordeaux un de ses amis, et faire avec lui un voyage dans le midi de la France.

XIV.

Sainte-Foy, 15 juin 1852.

Chère maman et chère sœur,

Je suis enfin parvenu à réunir un tronçon de plume, une feuille de papier à lettres et une heure de mon temps, trois choses très-difficiles à se procurer. Vous savez que je suis parti mardi matin, par un temps abominable qui m'a suivi tout le long de la route. J'arrivai à Bordeaux mercredi, à trois heures, et je fus loger à l'hôtel. Edmond m'attendait à la voiture et me présenta, quand je fus décrassé, à ses oncles qui me reçurent très-gracieusement et chez lesquels je pris mes repas pendant les trois mois que je restai à Bordeaux.

Samedi matin, à six heures, nous étions en route pour Sainte-Foy ; mais je n'y fis pas long séjour : nous étions invités à aller à Duras, à six lieues de là, chez des parents éloignés d'Edmond ; nous en arrivons seulement aujourd'hui, mardi. Vous voyez que jusqu'à présent je n'ai fait que courir les grandes routes et la campagne. Je suis logé *sous les Couverts* (Henriette doit connaître cela) chez Mme B., qui m'accable d'attentions et de prévenances. J'ai une jolie petite chambre bien propre, bien éclairée ; ma vue est très-bornée, mais j'ai en face de moi un ancien couvent de moines, à fenêtres gothiques et à sculptures curieuses, qui est devenu une boulangerie.

En résumé, je fais un voyage ravissant sous tous les rapports. Partout, je suis reçu à bras ouverts, choyé, soigné, au milieu de la plus riche campagne du monde. Je me réveille tous les matins plus enchanté que la veille ; il semble que ma tête est plus légère et que j'ai un poids de moins sur la poitrine. On nous demande dans vingt endroits différents, à Bergerac, à Marmande, etc. Nous partons le 28 pour Orthez, où Edmond a des parents auxquels je suis déjà annoncé ; de là il se rendra aux Pyrénées. En attendant, on bâtit ici force projets pour ce voyage que je suis censé devoir partager malgré mes dénégations.

Quant aux descriptions, aux biographies, aux esquisses de mœurs, tout cela sera écrit en détail à mon retour ; le temps me manque ici. Mais mon portefeuille déborde de notes et vous verrez combien mon voyage est amusant, curieux et accidenté.

J'envoie à ma petite sœur une plante pariétaire que j'ai cueillie à 80 mètres du sol, sur le mur de la grande salle du château de Duras. C'est une ruine magnifique, mais il est très-difficile d'y arriver à cause des escaliers qui s'écroulent à chaque pas sous les pieds.

Depuis mon départ, je suis toujours levé à cinq heures du matin et couché à dix heures du soir. Le temps passe avec une rapidité vertigineuse ; je sens que je me retrempe dans cette atmosphère du midi, que je n'appellerai pas chaude, attendu qu'on se chauffe ici comme au mois de janvier. La campagne, cependant, ne paraît pas souffrir de ce froid piquant ; je n'en avais jamais vu de plus belle. Partout des coteaux boisés, des prairies verdoyantes, des vignobles à perte de vue, et toujours des collines à l'horizon.

EUGÈNE.

Sainte-Foy, 24 juin 1852.

Ma chère maman,

Je te remercie mille fois de la permission que tu me donnes d'aller aux Pyrénées. Je n'ai pu t'écrire plus tôt parce que je n'étais pas à Sainte-Foy, et j'y arrive seulement à présent. Nous avons eu une semaine très-occupée ; je reviens de mes excursions avec un magnifique coup de soleil en plein sur la figure, et les mains noires comme celles d'un nègre. Je suis aussi à mon aise ici qu'à la maison. La famille B. me traite plutôt en parent qu'en ami, et comme c'est une des plus considérées du pays, je jouis de la bienveillance générale. Ce sont tous les jours des festins de Lucullus et des noces de Gargantua. Edmond engraisse à vue d'œil et mon visage reluit comme une lune rousse.

Nous partons lundi matin pour Orthez ; une fois là, je vous enverrai mon adresse. Je viens de prendre mon passe-port ; on me l'a délivré sans

difficulté. Il est tout à fait nécessaire, et je ne l'a-
vais pas pris à Paris, ne me doutant pas que
maman serait assez bonne pour m'ordonner les
eaux.

Il m'est impossible de vous donner des détails
sur ce que je fais ; il me faudrait des rames de
papier et beaucoup de temps, deux choses qui me
manquent essentiellement. Je vous écris avec la
vitesse d'une locomotive. Qu'il vous suffise de savoir que j'ai été à Bergerac, à Gensac, à Barsac, à
Razac, à la Nougarède, etc. Le beau pays, le charmant pays ! le ravissant pays !

Adieu ou adicias, comme on dit ici. J'embrasse
de tout mon cœur maman, que je remercie encore
du plaisir de ce voyage, et ma chère petite sœur qui
me suit des yeux et du cœur dans mes pérégrina-
tions.

ADIEU.

Puisqu'il faut laisser de notre âme·
Un lambeau par tous les chemins,
Puisque le monde nous réclame
Quand le bonheur nous tend les mains,

Je pars ; le regret va me suivre...
Beau fleuve riant au ciel bleu,
Sur tes bords j'aurais voulu vivre...
    Adieu !...

Champs verdoyants, frais paysage,
Bois touffus où le cœur s'endort,
Sombre clocher, calme village
Où l'heure s'enfuit sans effort,
Collines au vent palpitantes,
Je pars... et pourtant, en ce lieu
J'aurais voulu poser mes tentes ..
    Adieu !...

Et toi, jeune fille inconnue,
Entrevue à peine un moment
Ainsi qu'un éclair dans la nue,
Ainsi qu'un fantôme charmant :
Que cette étoile qui va naître
Te glisse mon premier aveu...
Je pars... et je t'aimais peut-être...
    Adieu !...

Les Petities, 28 juin 1852.

EUGÈNE.

Orthez, 3o juin 1852.

Chère maman et chère sœur,

Partis de Sainte-Foy, le 28, à six heures du matin, nous arrivions à deux heures de l'après-midi à
Bordeaux, où nous avons dîné chez les oncles d'Edmond. A sept heures, nous étions en route pour
Orthez. Le temps nous favorisait, le ciel n'avait
pas un nuage, et c'est la première fois que je le
voyais ainsi depuis que je suis dans le midi. Par
un clair de lune magnifique, nous avons franchi
les Landes ; leur aspect sauvage et désolé, les sapins
noirs disséminés çà et là sur les sables mouvants
qui s'étendent à perte de vue, contrastaient singu-
lièrement avec la douceur de l'air et le calme de
cette belle nuit d'été.

A six heures du matin, nous arrivions à Mont-
de-Marsan. Là, par un malentendu des Messageries, on nous annonce que la voiture pour Orthez
ne partira qu'à sept heures du soir. Nous jetons
les hauts cris, l'employé reste impassible ; nous

entrons en fureur, il nous rit au nez ; nous le me-
naçons du commissaire de police : il a peur et se
rend, nous promettant que, dans deux heures,
nous partirons. Sur ce, nous nous calmons et
allons visiter la ville, ce qui n'est pas long. En fait
de monuments, Mont-de-Marsan n'a que sa promenade publique qui vaut nos Tuileries, avec ses
ombrages et ses fleurs. Chemin faisant, on nous
montre un immense cirque que l'on bâtit pour les
combats de taureaux qui auront lieu à la fin du
mois.

A huit heures, l'administration des Messageries
met à notre disposition la voiture qui doit nous
conduire à Orthez. C'est une vieille patache dé-
traquée, menée par deux affreuses rosses. Nous
y montons avec un paysan et deux paysannes
d'Orthez qui nous régalent de leur patois mélangé
d'espagnol. Il fait 25 degrés de chaleur; aussi je
passe mon temps à m'éponger la figure, Edmond à
dormir et les paysans à boire. Tout à coup je pousse
un cri de joie: les Pyrénées se dressent à l'horizon !
Quoique à plus de trente lieues d'Orthez, elles
apparaissent distinctement avec leurs pics étince-
lants de neige que le soleil teint en rose. C'est sublime à voir et pourtant, à cette distance, on pour-

rait facilement les confondre avec les nuages. Que sera-ce quand je les verrai de près !

A mesure que nous approchons des montagnes, la route devient plus dure. Il faut toujours monter ou descendre des côtes à pic, surplombant de jolies vallées pleines de vaches et de moutons qu'on aperçoit à quarante ou cinquante pieds au-dessous de soi. Ce n'est pas sans danger ; mais nos rosses s'en tirent bien, elles vont de manière à n'arriver que dans huit jours. Les bérets se succèdent avec rapidité ainsi que les ceintures rouges. Nous voilà en plein Béarn. Au sommet d'un rocher, se dresse une vieille tour en ruines, un mur crénelé tout déchiqueté : c'est le dernier château qu'habita la reine Jeanne d'Albret. Peu d'instant après, nous sommes à Orthez ; il est cinq heures du soir ; nous avons mis neuf heures pour faire 50 kilomètres, mais nous avons vu le pays ! Nous logeons à l'hôtel de la Belle Hôtesse, ce qui est vrai ; mais nous n'y sommes que la nuit, prenant nos repas chez M. le pasteur L, qui nous a reçus très-amicalement.

Hier en arrivant, tout rompus de fatigue, nous avons voulu aller voir le Gave avant de nous coucher. Malheureusement il était trop calme pour un torrent, et il s'en allait bien tranquillement sous les rayons de la lune.

Vous devez trouver mes lettres très-décousues et surtout indéchiffrables. Cela vient de ce que je vous écris toujours à la hâte, avec de mauvaises plumes et le plus souvent, aujourd'hui par exemple, à moitié endormi par la fatigue.

Adieu, chère maman, je t'embrasse de cœur ; et toi aussi, petite sœur, en t'enjoignant de m'écrire une longue lettre aussitôt après avoir reçu celle-ci.

UN BAPTÊME

A MONSIEUR LOURDE.

C'est une humble chaumière, au milieu de la plaine,
Si basse qu'à cent pas on la distingue à peine,
Et sa fumée au loin, mince filet d'azur,
Ondule à chaque brise en rayant le ciel pur.
Un chemin y conduit, — étroit, bordé de haies
Et de rares buissons où pendent quelques baies ;
Puis, devant la maison, véritable hallier,
Des poules, en gloussant, picorent le fumier.

Vous souvient-il, monsieur, du pauvre toit de chaume ?
Moi, je le vois encor. — Je crois sentir l'arome
Que la terre arrosée et l'herbe et les foins verts
Par ce beau jour d'été répandaient dans les airs.
Nous autres Parisiens, gais oiseaux de passage,
Fiers de nous envoler et de fuir notre cage,
Nous marchions tout légers, riant joyeusement... —
Edmond se démenait sur sa grande jument,
Gigantesque cheval pris devant un carrosse ; —
Moi, je gesticulais, hurlant, fouettant ma rosse,
Et le pauvre Coco, l'œil rêveur, l'air confus,
Baissait sa longue oreille et n'avançait pas plus.

Vous nous suiviez, monsieur, plaignant ces deux martyres,
D'un sourire indulgent accueillant tous nos rires,
M'aidant de vos conseils, et ne raillant pas trop
Quand je perdais la selle en prenant le galop.
Et nous vînmes ainsi jusqu'à la maisonnette.
Un jeune paysan, sur le seuil en vedette
Nous aperçut de loin. — A ces mots : « Le pasteur ! »
Nous vîmes accourir le vieux cultivateur,
Son béret à la main. — De son front large et digne
L'antique probité rehaussait chaque ligne ; ·
Sur son visage austère et rempli de bonté
On lisait le travail, la foi, la charité,
Toute une vie aride et pourtant patiente
Que le devoir rempli rendait calme et riante.
Une route pénible achevée aux trois quarts
Mais qui livrait enfin l'horizon aux regards....
— On n'attend plus que vous, monsieur, pour le baptême,
Dit-il. Et sans tarder, il pénétra lui-même
Dans la chambre où pleurait son petit nouveau-né.

C'était un vieux logis de fentes sillonné,
De grands bahuts massifs, des armoires gothiques,
Des escabeaux de chêne et des tables antiques ; —
Et tout cela noirci, brunissant, enfumé,
Paraissait du passé récemment exhumé
Et prêt à recevoir le spectre d'Henri quatre,
Plus joyeux que jamais et de boire et de battre
Et de parler encor son patois béarnais.
Un lit immense, au fond, couvert d'un large dais,
Étalait ses rideaux à fleurs et personnages ; —
Et près de la fenêtre, ouverte aux paysages,
La mère à son enfant riait et parlait bas,
L'apaisait, l'embrassait, le berçait dans ses bras,
Et l'aïeul, tout cassé, branlait sa tête blanche ; —
— Vieil arbre desséché qui voit naître une branche !

Eh bien ! dans mon esprit c'est un frais souvenir !...
Et ces honnêtes gens que vous alliez bénir
Qui, depuis si longtemps, du culte de leurs pères
Avec la même foi répétaient les prières,
Cet homme vigoureux courbant son front hâlé,
Cette mère, épiant un soupir exhalé,
Le vieillard décrépit ; l'enfant, — douce colombe, —
L'un au bord du berceau, l'autre au seuil de la tombe,
L'un, sans peur, sans remords, déjà touchant le but,
Et l'autre, à la douleur présentant son tribut ;
Vous surtout, — parcourant cette Bible jaunie,
Implorant du Seigneur la tendresse infinie,
Le priant de sourire et de tendre la main
A ce frêle arbrisseau, peut-être mort demain,
Et déposant aux pieds de la Bonté suprême,
Ce front que mouille encor l'eau sainte du baptême,

9.

Et votre voix sonore, — écho venu du ciel, —
Disant à cet enfant : — Sois béni, Daniel !...
Tout cela, bien souvent, passe dans ma pensée
Comme un tableau touchant, quand mon âme lassée
Ouvre son aile blanche, et s'en va loin du bruit
Glaner un souvenir pour étoiler la nuit !...
C'est l'heure où je revois, dans le vague du rêve,
Et le Gave bruyant, et cette tour qui lève
Son front démantelé sur les toits endormis
Dont l'un nous accepta dans ses foyers amis.
Heure chaste du soir, où l'âme recueillie
Retrouve dans son sein, comme une fleur cueillie,
Comme un écho lointain d'harmonieux accents,
Comme un parfum qui fuit, — l'image des absents ;
Le pasteur souriant, l'épouse résignée,
De nos vœux réunis toujours accompagnée,
Dans un calme pieux attendant la santé
Et redoublant pour nous d'esprit et de bonté ;
Ce doux intérieur, et ces deux têtes blondes
Qui de la vie encor n'ont pas sondé les ondes,
Et quand l'essaim doré de mes songes flottants
Prend ce chemin fleuri, — j'aime à rêver longtemps !

Orthez, 1er juillet 1852.

EUGÈNE.

Pau, 6 juillet 1852.

Je ne suis pas encore aux Eaux-Bonnes; je n'ai pas encore vu les Pyrénées, si ce n'est de loin et couvertes de brume, ce qui n'est pas la même chose, à ce qu'il paraît, que de les voir par un temps clair. Je ne puis donc pas, chère maman et chère sœur, vous faire part de mes impressions à ce sujet.

Un beau matin, Edmond me dit : Si nous allions en Espagne ? — Volontiers !... et nous voilà partis pour Bayonne où nous restons quatre jours. De là, nous visitons successivement Guettarie, Bidar, Saint-Jean-de-Luz, Urugne et enfin Béhobie, la dernière ville française de la frontière. Elle est toute enfoncée dans les montagnes et traversée par la Bidassoa, fleuve neutre, si neutre que la moitié du pont appartient à la France et l'autre à l'Espagne, de sorte qu'on peut avoir un pied dans chacun de ces pays.

Nous traversons la Bidassoa et bientôt nous touchons la terre espagnole. Nous n'y avons exploré que deux villes : Yrun et Fontarabie. Cette dernière, surtout, a un tout autre caractère que ce que nous avons vu jusqu'à ce jour et, pour ma part, j'étais enthousiasmé ! Ce voyage-là a été le plus délicieux de ceux que nous avons faits jusqu'à présent.

Chère sœur, si tu peux découvrir Bidar sur la carte, ce qui n'est pas probable, attendu que ce n'est qu'un trou, tu verras un endroit où nous avons bien ri. Je veux vous raconter cette anecdote ; c'est une des mille et une qui enrichissent mes impressions.

Il faut vous dire, d'abord, que la route d'Espagne depuis Bayonne est la plus sublime qu'on puisse voir. On a constamment à sa gauche la chaîne des montagnes basques ou Basses-Pyrénées, et à sa droite le golfe de Gascogne, ou pour mieux dire l'Océan, car cette immensité sans bornes ne me fait pas l'effet d'un golfe. Nous roulions depuis longtemps sur ce chemin enchanté, par une chaleur de zone torride, en poussant de temps à autre des exclamations de ravissement lorsque, parvenus à un coude plus pittoresque que tout le reste, nous voulûmes descendre de voiture pour admirer

les vagues de plus près. Et nous voilà, dégringo-
lant les rochers et descendant sur une plage déserte
où la mer se brisait. « Le vent de la mer soufflait
dans sa trompe, » comme dit mon cher Victor
Hugo, et pourtant la mer était calme et lisse ; elle
se soulevait par moments comme la poitrine d'un
homme endormi. Nous restâmes sans voix devant
ce magnifique spectacle.

Tout à coup Edmond, qui s'était avancé plus
que moi sur les sables et qui me faisait avec achar-
nement signe de m'approcher, se retourna vers
moi dans un élan d'enthousiasme en chantant
d'une voix de basse-taille :

Vois-tu le flot dormant que nul vent ne soulève
Et qui vient doucement expirer sur la grève ?

Malheureusement le flot dormant se trompa sans
doute et vint expirer fortement sur la culotte de mon
malheureux ami. Il sortit de là couvert d'écume et
d'algues marines, tandis que je le comparais à un
Triton, ou bien à Vénus sortant du sein des ondes.
Puis il s'enfuit au plus vite, et nous fûmes trop
heureux de rencontrer une cabane où de bons pay-

sans lui firent du feu et lui prêtèrent des chaus-
settes.

Cet épisode nous mit en gaieté pour tout le reste
du chemin qui fut pour nous très-incidenté. A
Urugne, nous avons visité une curieuse petite
église et un plus curieux cimetière. Si ma mémoire
ne me fait défaut, Théophile Gautier en parle
dans une petite pièce de vers qui commence ainsi,
je crois :

> Le coche s'arrêta près l'église d'Urugne
> Village dont le nom à la rime répugne.

Bref, je coupe court à mon voyage en Espagne.
J'étais, pour ma part, fort disposé à sacrifier les
Eaux-Bonnes et à pousser jusqu'à Madrid, ou tout
au moins jusqu'à Pampelune, où se préparent de
magnifiques courses de chevaux, mais Edmond
n'a jamais voulu, et nous revînmes sur nos pas.

En repassant par Orthez, tandis qu'on relayait,
je courus chez M L., où je reçus votre lettre qui
venait d'arriver. Et me voici à Pau ; à peine sorti
de voiture, je vous écris. J'attendrai une longue
lettre de vous, car je ne m'en lasse pas. Ecrivez-
moi *subito* à Eaux-Bonnes, poste restante. Petite

sœur, je n'oublierai pas la plante que tu demandes, ni les conseils économiques que tu me donnes, chère maman.

Adios queridas; je parle espagnol, maintenant! Je vous embrasse de cœur. Amitiés à tout le monde, oncles, tantes, cousins, cousines, amis et amies. Si l'on vous demande de mes nouvelles, dites que j'ai pour médecins la liberté, le grand air et les grandes routes. Adieu encore.

EUGÈNE.

ROUTE D'ESPAGNE.

Paysage.

Un chemin sinueux serpente en larges courbes;
S'il monte, – en perspective on n'a rien que les cieux;
S'il descend, — on domine un vallon gracieux,
Des toits rouges et plats, d'où la vapeur des tourbes
S'exhale doucement en longs panaches bleus...

Sur la route, — des bœufs et des troupeaux de mules
Vont broutant l'herbe rare et les maigres buissons...
Un contrebandier passe, armé jusqu'aux arçons;
Une fille, bronzée aux feux des canicules,
Sa cruche sur la tête, égrène ses chansons.

A gauche, — secouant leurs forêts inclinées,
Se dressent des monts noirs, arides, sans gazon;
Des ravins font bâiller leurs côtes décharnées
Où la neige, de loin, luit comme une toison;
Puis, leur chaîne décroît, et fuit sous l'horizon .. —
Salut, sombres géants!... salut, ô Pyrénées!...

A droite, — l'Océan, calme, grave, infini,
Se balance en grondant, — miroir d'acier bruni
Où le soleil se mire, où le ciel se reflète!...
L'écume par frissons, sort du flot aplani... —
O peintre! quel tableau! — Quel cantique, ô poëte! ..

Bidar, 3 juillet 1852.

Eaux-Bonnes, 11 juillet 1852.

Je suis enfin aux Eaux-Bonnes! Nous habitons
une espèce de petit chalet suisse, situé au pied de
la montagne Verte. Je vous écris sur mon balcon,
car la chambre n'a pas six pieds carrés; elle est
complétement remplie par nos deux lits. C'est un
joli balcon de bois avec auvent. En face de nous se
dressent deux ou trois montagnes qui nous mas-
quent tout l'horizon, et à nos pieds, à une grande
profondeur, s'étale une grasse et riche vallée, la

vallée de Laruns. A trois cents pieds au-dessous de nous mugit la cascade de Valentin, une des plus belles du pays; nous l'entendons sans la voir; enfin nous avons sous les yeux le spectacle sans cesse changeant des nuages qui glissent sur le flanc des montagnes sans en atteindre la cîme.

Vous l'avouerai-je ? Je n'ai pas été aussi ému que je l'espérais, à l'aspect des Pyrénées. Sans doute c'est un sublime et majestueux spectacle, mais je me l'étais figuré plus sublime et plus majestueux encore. Je voudrais des montagnes plus élevées ! Il est vrai que les Eaux-Bonnes sont déjà à une grande hauteur, puisque pour y arriver il faut monter pendant trois lieues ; à proprement parler, elles ne sont pas au pied, mais bien au milieu du Ger : c'est sans doute pour cela que les monts nous paraissent si petits ; puis nous n'avons ici aucun vestige de neige sur les sommets, et, enfin nous sommes dans les Basses-Pyrénées ; il ne faut pas être trop exigeant !

Quoi qu'il en soit, c'est un charmant séjour. Par ces chaleurs terribles qui règnent dans la plaine, nous avons toujours de l'air ; le corps est plus léger et l'esprit plus libre dans ces contrées. Nous

aurions voulu prolonger notre absence un mois de
plus ; mais ce n'est guère possible, et nous son-
geons avec tristesse qu'il faudra bientôt partir.

M. et Mme L... habitent les Eaux-Chaudes qui
sont à deux heures d'ici, ce qui nous permet de les
voir de temps en temps. C'est pour nous un grand
bonheur.

Adieu ; je vous embrasse de tout mon cœur, et
je vais me coucher, car je m'endors malgré moi.

EUGÈNE.

HENRIETTE A EUGÈNE.

Néris-les-Bains, 18 juillet 1852.

Mon frère chéri,

Tu es mieux installé pour nous écrire sur ton
balcon rustique que moi sur notre table de toilette
encombrée de cuvettes, de brosses et de savons.
Nous grillons dans notre chambre d'hôtel à deux
lits sans avoir pour consolation la vue des Pyrénées toutes basses qu'elles sont. Jusqu'à présent,
impossible de bouger ; il ne peut être question de

faire, comme l'année dernière, des excursions à dos
d'ânes au Château de l'Ours, et dans les autres
environs si accidentés de Néris.

Il faut te dire que je viens de lire ici « Le Presbytère, » ouvrage de Topffer, l'un de mes auteurs
favoris ; il a une poésie à lui, simple, touchante et
qui remue le cœur jusqu'au fond.

Un soir que je venais de finir ce livre, nous sommes sorties avec Mme E. pour nous promener sur la
grande route. Le coucher du soleil était magnifique, l'horizon en feu, lorsque tout à coup des montagnes se sont dressées au milieu, de vraies montagnes avec leurs sommets couverts de neiges, et des
teintes roses et violettes, les plus jolies qu'il soit
possible d'imaginer. J'admirais tout cela en sui-
vant un tout petit sentier qui borde un précipice
en miniature, au fond duquel sont deux ou trois
moulins, très-coquettement placés. Je pensais à
toi, à ton voyage, au chalet que tu habites, au
plaisir que j'aurai à te revoir, lorsque ces dames
m'ont fait tomber du haut de mes montagnes de
nuages en se moquant de moi, et en accusant Topffer
de m'avoir tourné l'esprit. En attendant, il a fallu
tourner le dos à mon beau coucher de soleil et au
paysage qu'il noyait de lumière pour revenir pro-

saïquement voir jouer le whist dans le salon de l'hôtel.

Nous avons ici un vieux monsieur qui était à Trafalgar, et à plusieurs autres batailles navales.

On projette d'aller visiter demain les belles forges de Commentry et de les voir la nuit, parce que c'est, dit-on, un spectacle féerique; après quoi nous irons à Montluçon où nous tâcherons d'être introduites dans la belle manufacture de glaces.

Maman se trouve bien de son traitement; nous avons, en Mme E. la compagne de voyage la plus causeuse, la plus spirituelle, la plus amusante, que je connaisse ; j'en suis enchantée pour maman qui est aussi extrêmement gaie.

Adieu, frère chéri. Amuse-toi sans trop t'inquiéter du retour. Nous aurons soin que tu ne t'ennuies pas avec nous qui t'aimons bien.

Eaux-Bonnes, 19 juillet 1852.

Chère maman, voilà bien longtemps qu'on me laisse sans nouvelles. Je suppose que tu ne t'ennuies pas trop et que ma petite Henriette, ton se-

crétaire intime, t'accompagne dans tes excursions.
Je suis enchanté que vous ne soyez pas à Paris en
ce moment; les nouvelles que nous en recevons
sont accablantes! Trente-sept degrés de chaleur à
l'ombre!... C'est une température de Sahara et les
autruches seules peuvent la supporter sans incon-
vénient.

Nous commençons à nous rembrunir en pensant à l'heure du retour. Enfin, il ne faut pas se
plaindre. Voilà deux mois bien employés, et ce
sera un beau rêve de plus! Un rêve qui me coûte
cher, dis-tu; je t'entends d'ici! Chère maman,
crois-moi, ce ne sera pas de l'argent perdu; je sens
que j'ai puisé ici de la santé et de l'énergie pour
reprendre courageusement mon travail.

Nous partons d'ici le 27, pour nous arrêter à
Bordeaux. Chère petite sœur, écris-moi avant
cette époque, car j'ai besoin de vous savoir aussi
gaies et aussi bien portantes que moi.

EUGÈNE.

ENTHOUSIASME.

Oh! que le maître est grand! que la nature est belle!
Pour la première fois, je sens! j'ouvre les yeux!
L'ombre fuit, l'aube naît... la Lumière éternelle
Verse la foi dans l'âme et le jour dans les cieux!

Intérêts d'ici-bas! stériles agonies
Qui desséchez l'esprit à vos souffles de feu,
Fuyez!... — Devant ces monts, ces hauteurs infinies,
L'homme se voit petit et faible!... il croit en Dieu!

O spectacle! O splendeurs dont la pensée écrase!...
La vie en moi bouillonne avec l'émotion!
Je cherchais le repos... et j'ai trouvé l'extase!
Mon cœur s'est retrempé dans la création!

Et vous, brises, parfums, nuages, blanche écume!
Air transparent! Vent frais qui viens me ranimer!
Emportez les chagrins! Emportez l'amertume!
Je suis jeune!... je vis!... je puis encore aimer!

EUGÈNE B.

XV.

ON CHANTE AUX CIEUX.

Depuis que ces lettres ont été écrites, les années se sont accumulées, m'apportant jour par jour de précieuses leçons. Je l'avais compris bien jeune : pour être heureux ici-bas, il faut le vouloir fermement ; il faut ensuite garder précieusement son bonheur en soi-même, sans trop attendre des circonstances extérieures.

Luttes et souffrances, angoisses, déceptions, tristesses, sont passagères. Supportons-les vaillamment, cherchant notre force En Haut.

Sachons jouir des biens que Dieu nous donne dans sa bonté. Resserrons les liens de la famille, ouvrons nos cœurs à l'amitié, nos yeux aux beautés de la Création. Souvenons-nous que le Dieu de l'Evangile nous aime pour l'éternité et que nous retrouverons en Lui les bien-aimés partis avant nous !...

Dans un endroit paisible et ombragé du Père-Lachaise reposent ensemble mon doux poëte et notre mère adoptive, qui l'a suivi de près. Sur la pierre de leur tombeau sont gravées les strophes suivantes :

LES TROIS SŒURS DU POËTE.

La neige tombe; — c'est la nuit.
Trois pâles vierges vont, sans bruit,
Glissant à travers la tempête;
Trois pâles vierges vont poser
En souriant, un froid baiser
Sur le front rêveur du poëte :

— Frère, salut! je suis l'Oubli!
C'est moi qui tiens enseveli
Ton nom, que la foule rejette
Je t'ai vêtu de mon linceul...,
Que vas-tu faire, pauvre et seul?
— Je lutterai! dit le poëte.

— Frère, salut ! je suis la Faim !
C'est moi qui dévore sans fin
Ton pain amassé miette à miette.
Aujourd'hui, demain, chaque soir,
A ton seuil je viendrai m'asseoir !...
— Je souffrirai ! dit le poëte.

— Frère, salut ! je suis la Mort !
De ton luth interromps l'accord ;
C'est assez... j'ai marqué ta tête !
Songe au néant ! Ne sens-tu pas
Tes chants se glacer dans mes bras ?
— On chante aux cieux ! dit le poëte.

Eugène Berthoud

FIN.

TABLE DES MATIÈRES

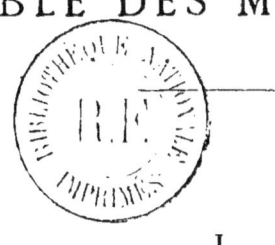

I

POÉSIES D'Eugène BERTHOUD

IMPRIMERIE E. HEUTTE ET Cᵉ, A SAINT-GERMAIN.

J. BONHOURE ET Cⁱᵉ, LIBRAIRES-ÉDITEURS

48, RUE DE LILLE, PARIS.

Adrienne ou Pourquoi ? Par Mˡˡᵉ LYDIA BRANCHU 3 50
Angèle, par Mᵐᵉ MATHILDE GRANGIER 3 50
A travers Mers et Forêts. Scènes et aventures de voyages, par Victor LAMY .... 3 »
Calme (le) **après l'orage.** Traduit par Mᵐᵉ DUSSAUD-ROMAN. 3 »
Christie et son orgue, traduit par Mᵐᵉ MASSON et Mˡˡᵉ M. TABARIÉ 1 50
Colporteur (le). Traduit de lady A. Keppel, par F. M 2 50
Deux Amis, par CARTERET. 2 vol. .... 4 »
Docteur (le) **rouge**, par Mᵐᵉ ALDA DE GRAVAS .... 1 »
Drakenstein. Scènes de la vie au sud de l'Afrique, par l'auteur des *Légendes de l'Alsace*, traduit par M. ROSSEEUW SAINT-HILAIRE .... 1 »
Enfant (un) **de cœur.** Imité de l'anglais par Mˡˡᵉ MARIE TABARIÉ .... 3 »
Germaine. Récit du Jura, par Mᵐᵉ MATTHEY-AMIGUET 3 50
Jeune (une) **Fille à la vieille mode**, traduit de Miss ALCOTT, par Mᵐᵉ RÉMY .... 3 »
Jeunes Femmes, par les mêmes 2 50
Jeune (un) **Ménage.** Journal d'une paysanne, par Mᵐᵉ MATTHEY-AMIGUET .... 3 »
Jours de pluie, par BERTHE VADIER .... 3 »
Ma Femme et Moi, par Mᵐᵉ BEECHER STOWE. 1ʳᵉ partie... 3 50
   2ᵉ partie 2 50
Ma petite maison du coin. Traduit par Mᵐᵉ DARDIER 1 50
Mon Étoile, par BERTHE VADIER .... 3 »
Orpheline (l') **alsacienne.** Traduction par Mᵐᵉ E. DELAUNEY. 1 50
Petites Femmes, traduit de Miss ALCOTT, par Mᵐᵉ RÉMY. 2 50
Rose Dalier, par VALENTINE ADEN .... 1 »
Secret (le) **de Silvio**, par Mᵐᵉ ABRIC-ENCONTRE .... 3 »
Serviteurs (les) **du Roi des rois**, traduit d'Hesba STRETTON, par Mᵐᵉ E. DELAUNEY .... 3 »
Travail. Traduit de Miss ALCOTT, par Mᵐᵉ RÉMY .... 3 »
Tyrannie (la) **rose et blanche**, trad. de Mᵐᵉ BEECHER STOWE 3 50
Vie (la) **au Ghetto**, ou le Médecin israélite .... 3 »
Vies (les) **brisées**, par A.-G. BOUTELLEAU 2 50

Imprimerie Eugène HEUTTE et Cⁱᵉ, à Saint-Germain.

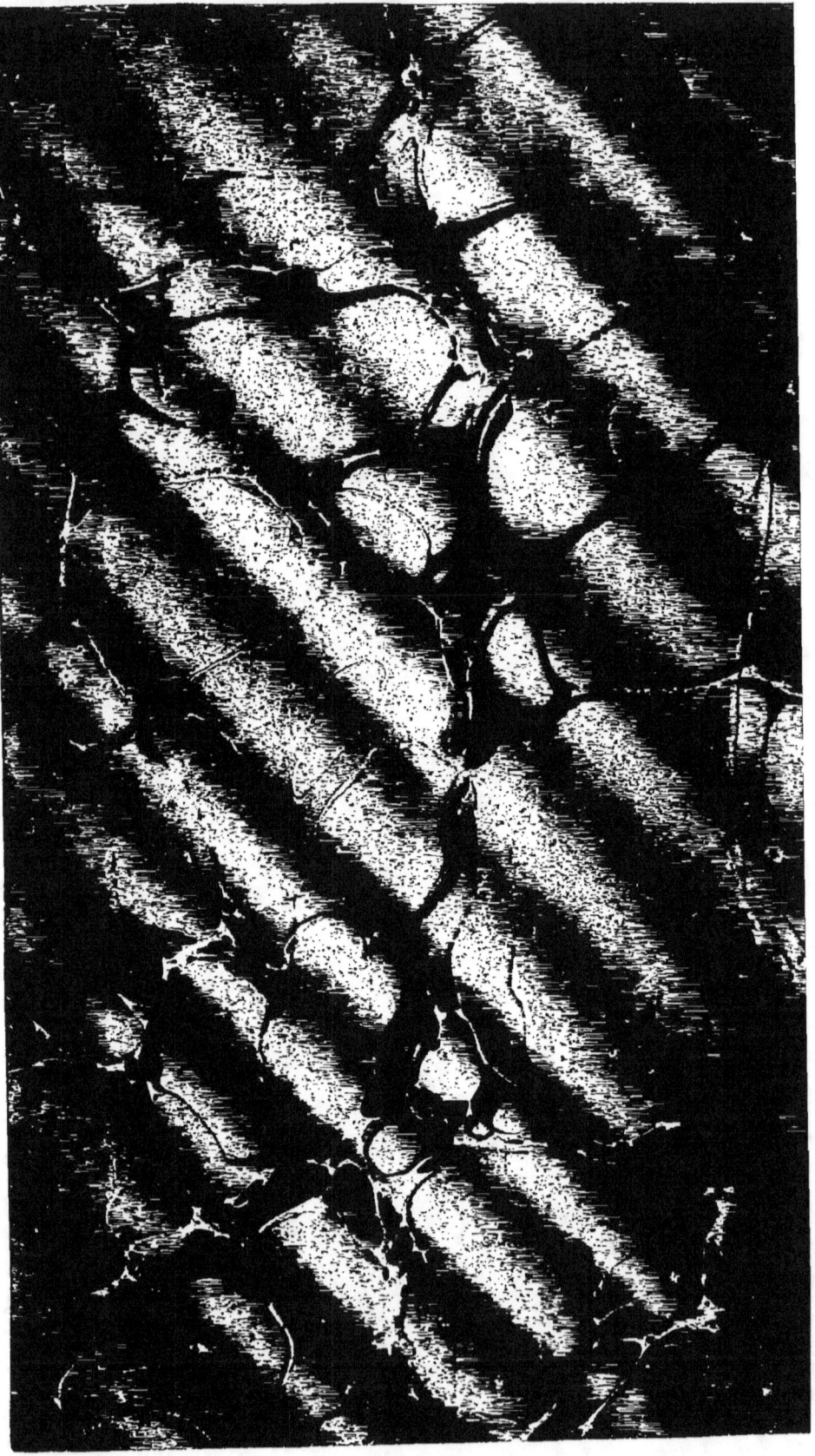

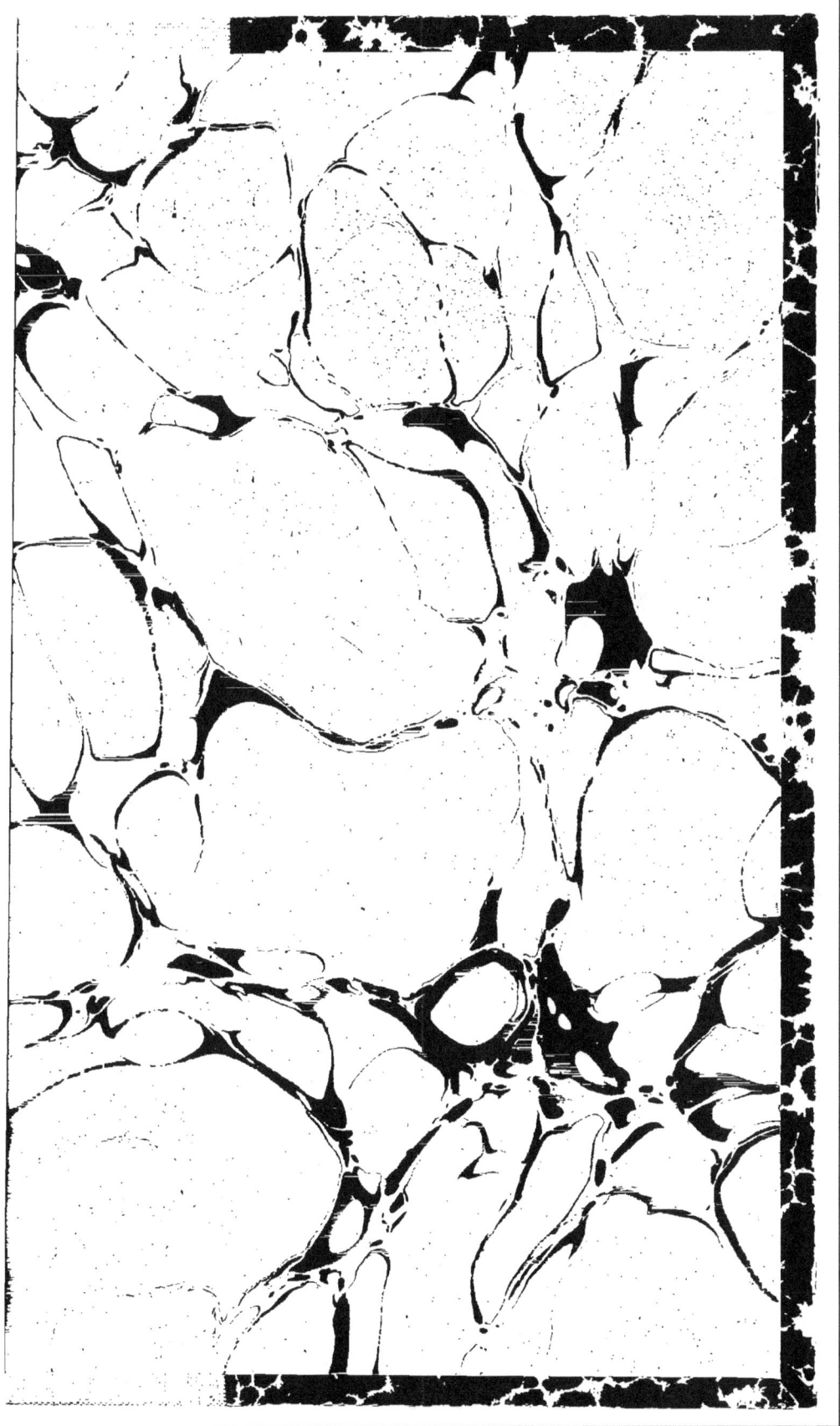

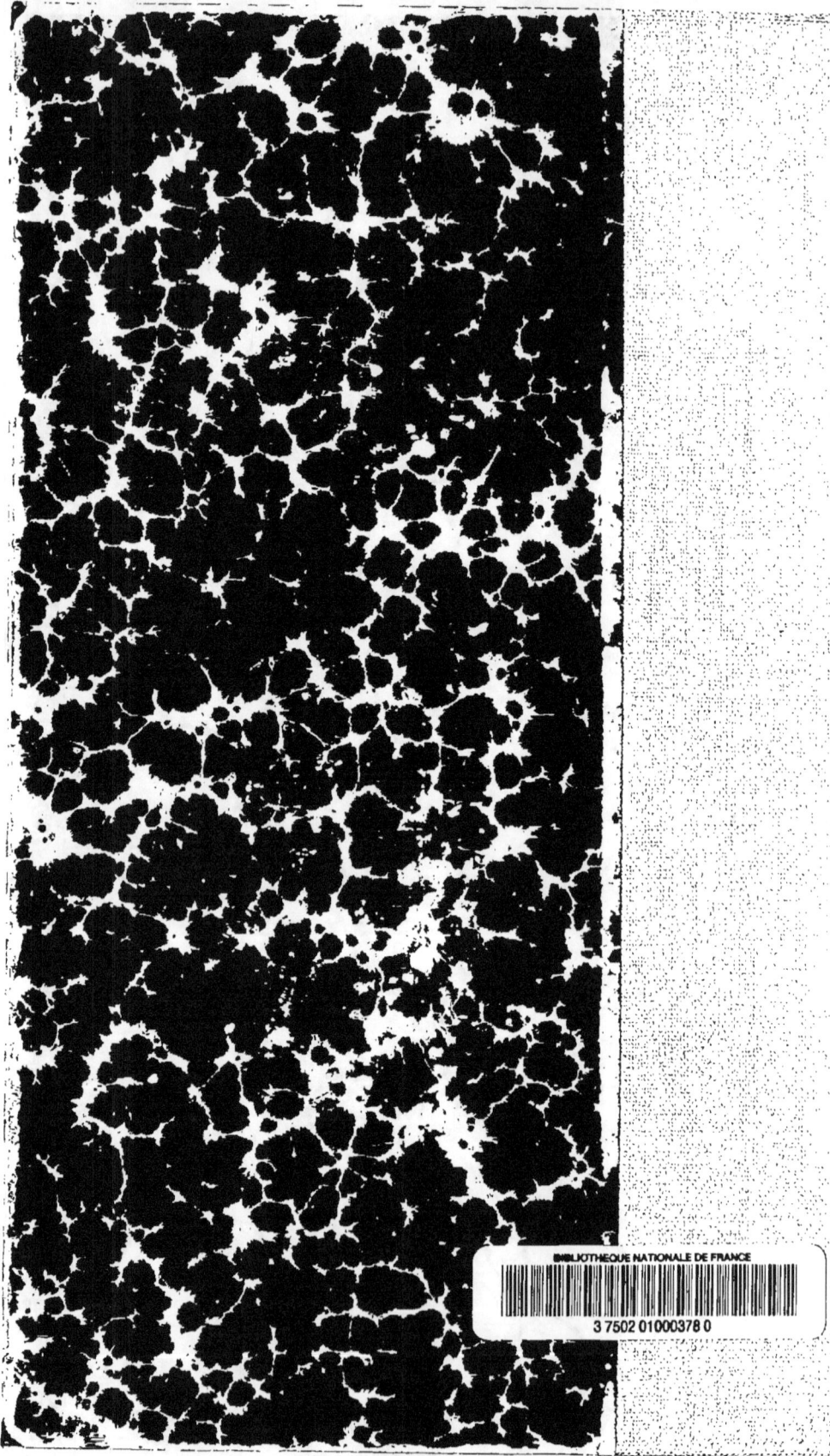

www.ingramcontent.com/pod-product-compliance
Lightning Source LLC
Chambersburg PA
CBHW070848030726
47504CB00005B/1268